唐人街内部

INTERIOR CHINATOWN

CHARLES YU

[美] 游朝凯 著　　尹晓冬 译

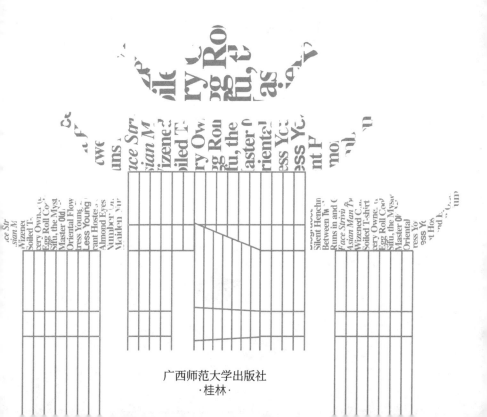

广西师范大学出版社
·桂林·

小阅读·文艺

献 给 登 惠 和 登 能

For Sophia and Dylan

目录

如果一部电影需要异国情调的背景……唐人街可以用来代表它自己，或者代表世界上任何其他的唐人街。即使在今天，它还代表着模棱两可的亚洲任何地方。

——徐班妮
（Bonnie Tsui）

普通的亚洲男人

内景　金宫饭店

从你还是一个孩子的时候起，你就梦想成为**功夫大佬**。

你不是功夫大佬。

你目前还是**充当背景的东方男性**，不过你一直在练功夫。

或许明天就梦想成真了。

内景　金宫饭店

从你还是一个孩子的时候起，你就梦想成为功夫大佬。

你不是功夫大佬。

你目前还是**挤眉弄眼的东方佬**，不过你一直在练功夫。

或许明天就梦想成真了。

拿着
你能得到的。

试着
建立一种生活。

一种
在边缘的
生活。

全是
鸡零狗碎。

威利斯·吴

（亚裔）演员

技能：

功夫（中等熟练）

流利的带口音的英语

能按照要求表演丢脸的样子

简历 / 全部剧目：

不孝子

快递员

沉默的跟班

困在两个世界之间的人

冲进来的小伙子，被一脚踹在脸上

打拼的移民

普通的亚洲男人

你的母亲出演过的角色，排名不分先后：

漂亮的东方丽人

风流的亚洲女子

年轻的龙女郎 ①

不那么年轻的龙女郎

饭店女迎宾

有一双杏眼的女孩

美丽的女郎甲

死去的美丽的女郎甲

亚洲老妇人

---

① 龙女郎（Dragon Lady），对东南亚女性略带贬义的刻板称呼，出自亚裔女星黄柳霜（Anna May Wong）在二十世纪二三十年代扮演的一个角色，给人飞扬跋扈、欺世盗名、神秘魅惑之印象。

你的父亲在不同时期扮演过：

双龙之一

干瘪的中国人

穿着脏兮兮的 T 恤的家伙

神神叨叨的杂货店老板（穿着脏兮兮的 T 恤）

煎春卷的厨子

年轻的亚洲男人

师父，神秘的功夫大师

亚洲老头

内景　金宫饭店—早晨

在《黑与白》的世界里，每个人都是从一个**普通的亚洲男人**开始的。每一个与你面貌相近的人，都这样。要么你是女人，那样的话你会从一个**漂亮的亚洲女人**开始。

你们都在金宫饭店干活，之前是翡翠宫饭店，再之前是鸿运楼饭店。店堂的前面有一个水族箱，店堂的后面是几只浑浊的鱼缸，石蟹和两磅①重的龙虾爬成一堆。塑封的菜单上写着提供午市特价套餐，有一碗松软的白米饭和可供选择的汤品：蛋花汤或者酸辣汤。吧台后面灯光昏暗的空间里，一块青岛啤酒的霓虹灯招牌闪烁不停、滋滋声不断，吊顶房间里是华丽的漆面木结构（或某种仿木），一美元商店里买来的纸灯笼张灯结彩地悬在上面，所有的东西都仿佛在暖烘烘、脏兮兮的红色幽光里慢慢炖煮着。多数灯笼都被死去的蛾子弄得黑乎乎的，纸变黄了，裂开了，也卷了起来。

吧台上方摆满了顶级的烈酒，与视线齐平处是中档酒，在底下，是一定会叫你后悔的欢乐时光档次的酒。一样叫作荔枝玛格丽塔蒂尼的新鲜事物让每个人都很心动，它似乎包含了许多的滋味。不是说你喝过那一种。它们要十四美元。有时候，食客们会在玻璃杯底剩下一小口，要是你手脚快，在你穿过隔开房子前后的弹簧门的时候，你可以尝一尝——你见另外那些普通的亚洲男人这么干过。不过，这是有风险的。导演总是眼观六路，随时准备为了丁点的不规矩炒掉某人。

你穿着那套制服：白衬衣，黑裤子。黑色拖鞋一样的鞋子，拖拖拉拉的。至少可以说，你的发型真不怎么样。

黑人和白人看起来总是很不错。这在很大程度上与光线有关。

---

① 磅（pound），英美制重量单位，一磅约等于 0.45 千克。

他们是主角。他们有主角的打光，恰到好处地打在他们的脸上。总之，恰到好处地打在白人的脸上。

你希望有一天灯光也那样打在你的脸上。看起来像一个主角。或者有那么一刻真的成为一个主角。

角色

首先，你得一步一步地往上爬。从底层开始，就像这样：

5. 充当背景的东方男性

4. 死去的亚洲男人

3. 普通的亚洲男人丙 / 快递员

2. 普通的亚洲男人乙 / 服务员

1. 普通的亚洲男人甲

然后要是你走到了这一步（几乎没人做到）你会困在**男人甲**这个角色上好一阵子然后期盼着祈祷着那一束光能打到你然后光来的时候你会有台词要说然后当你说那些个台词的时候光就会恰到好处地打过来然后让《黑与白》里的每一个人都转过头来说哇哦这是谁啊！这可不是某个普通的亚洲男人，这是一个明星，也许不是一个真正的、常驻的明星[①]——我们还是不要疯了，我们在这里谈论的是唐人街——但或许是一个**非常特别的客串明星**。这对你们这些人来说就是到顶

---

① 常驻的明星（regular star），美剧中的角色类型之一，通常分为常驻的（每一集都出现）、常规的（recurring, 经常出现，但不是每一集）和客串的（guest, 只出现一次）。

了，是任何一个在这个世界里工作的亚洲人最后能达到的终极的、顶端的位子，是每一个想要融入的**东方男性**在当背景时梦寐以求的事物。

功夫大佬。

功夫大佬不像这个等级体系里的其他角色——没有哪个人能总是占着这个位子，在任何时候，无论那个顶厉害的家伙是谁，只要有功夫要表演，就是那个默认的家伙出来亮相。只有非常特别的亚洲人才当得起这个称号。这需要多年的投入和牺牲，毕竟只有少数人有渺茫的机会做到这一点。尽管困难重重，你们全都是奔着这个位子苦练长大的，只奔着这个。整个街区角角落落里所有骨瘦如柴的黄种男孩都做着这同一个梦。

内景　金宫饭店

从你还是一个孩子的时候起，你就梦想成为功夫大佬。

你还不是功夫大佬。

你目前是普通的亚洲男人丙 / 快递员。你的功夫是中等水平，运气好的时候是中等以上，你的**师父**曾经表示，你的醉拳差不多达到了他大概在将来某个时刻可以想象的不怎么为你感到丢脸的程度。这个评价，要是你了解他的话，嗨，可是相当了不起的。

老实说，虽然有时候很难跟师父开口，他是出了名的高深莫测。不过如果你能让他看到你的成就的话，你想要的就只是让他摆出那副面孔：那表情说不清是不是因为便秘而看起来内心悲苦，实际上却透露了某种更近于一位可敬的父亲对他年轻且前程远大的儿子深深压抑的隐秘的自豪感；也意味着明了一位可敬的老师不再被需要的那种甘苦参半、喜忧交加之感。这就是你在脑海中看到的景象：他会摆出那副面孔，微笑，你会回报以微笑。字幕滚动起来，你们走向远方，手挽着手，直到地平线。

亚洲老头

这些日子以来，他主要是亚洲老头，不再是师父了——那位穿着裤子、一身肌肉、眼中有神的人。所有这些如今都一去不返，但这是什么时候发生的呢？多年以来，一夜之间。

你第一次注意到的那一天。每周一次的课程你早了那么几分钟出现。或许正是这一点把他给搞糊涂了。他开门的时候，过了一会儿才认出你来。两秒，也许是二十秒，一刻凝固的永恒——随后，他回过神来，现出他那熟悉的气冲冲的面容，咆哮着你的名字：

威利斯·吴!

半是吃惊，半是肯定，仿佛在向你和他自己证明他没有忘记。"威利斯·吴，"他又说道，"好了，来吧，你在干什么呢，别像呆瓜一样地站在门口，进来吧，孩子，我们这就开始。"

那一天余下的时间里他都很好，基本上是的，但你还是忍不住去琢磨他给你的眼神，恍惚还是惊慌？你第一次注意到他的房间变得一团糟，对于这个年龄的其他独居男性来说，这不算罕见，但对于师父，这位在一切事物上都教诲和重视秩序与简明的人，居所凌乱至此，这对所有人都应是一个值得警惕的信号。它或许不是头等紧要的，但却是第一个引起你警觉的。

蔡肥仔到处跟人说师父是靠食品券①过活的，说你们怎么能这么容易上当（"你们这些白痴以为扮演**干瘪的中国人**报酬很好吗？你们疯了吗？你们以为他为什么要从垃圾桶里掏摸瓶瓶罐罐啊？"），不过没有人愿意相信。至少明面上没有。私底下，这种看法确实存在。师父从来没有开过灯，说这是为了训练五感。他留存了每样东西：一次性筷子，不要钱的华美银行②铜版纸日历（"很适合包裹鱼或水果"），街边廉价中国餐馆里的小袋装酱油和辣椒酱。他给他那张旧的仿皮长沙发修补了好多回，补丁都裂开了。当然他也打了补丁。他吃饭的富美家双人桌是他买过的第一张也是唯一一张厨房桌子，是花了7美元50美分从位于杰克逊大街和第八大街的古早的饭店量贩仓库的回

---

① 食品券（food stamp），美国政府发放给低收入者的可以兑换食物的票券。
② 华美银行（East-West Bank），以华裔为主要市场的商业银行。

收箱里买来的，那个地方已经不复存在了（转切至**内景 锐舞/电音俱乐部**① **场景**），而这张桌子还在厨房里。它是上个世纪的老古董了，已经磨损得十分平滑，既舒适又好用，触感温润。它被反复使用，在那间逼仄的、天花板低矮的房间角落里加起来成百上千次的用餐，它的表面仿佛留存了师父的教义，智慧随着时间的推移而镌刻在了翘曲与破败之中，烙印在这张简陋的桌子本身的痕迹里。细想一下，尽管蔡肥仔一直是·个实打实的大嘴巴，一个令人难以忍受的爱咬耳朵、爱吹牛皮的家伙（由于他说的事情经常是对的，这就更令人难以忍受了），但他只是在陈述一件你们都清楚但却不肯承认的事情：师父已经变老了。

在这件事情上自欺欺人是很容易的。虽然你天真地相信，他凭借某种遗传上的奇迹和毛囊的纯粹力量活到了七十多岁而没有一根头发变白，但事后你回想起曾经在他的废纸篓里看到过一个天然海藻染发剂的空盒子，师父从他的房间里出来，不小心带出一点无意中染上的污渍，在额头上方发际这里涂出了一抹海带绿。

尽管他还是可以用三根手指打破一块煤渣砖，但这与他年轻时候相比就算不得什么了，那会儿他只用一根手指就能做到——随便哪根指头的有力一击。你来选定！在你还小的时候，你不忍心去看，就从手指缝里偷偷瞄一眼，长大以后你仍然有点发怵，担心那令人难受的失败。但年轻的师父从未失败过。他总是能获得绵绵不绝的气，能够从无影无形的气海之中召唤出所需的力量来击碎它，聚集在周围的人会鼓掌并且大声叫好，为师父这新鲜出炉的内功战胜硬功、精神的与物质的表演，为这一场就发生在星期二中午厨房后小巷子里令人难以置信的武艺展示。听到这如雷的掌声，你会松开手，睁开眼睛，如

---

① 早期的锐舞、电音俱乐部大多在废弃的仓库或厂房举行。

释重负地松一口气，自豪并且感激他再一次做到了，没有弄伤他的手，也为你缺乏信心而感到些许愧疚，而其他所有人，聚集在一起的认识的和不认识的人，却从来没有怀疑过他。

你对他最初的印象是青春年少的龙的传人，一颗冉冉升起的新星，又密又直的头发黑如暗夜，缓缓地细致地向后梳得像油光发亮的波浪。像钢管一样的小臂把你从房间角落临时搭起来的游戏围栏里举起来，让你在他的头顶上方绕着圈飞，都快要撞到床、台灯和天花板了，你笑个不停，直到你母亲说小心，小心①，够了啊，明，求你啦，在他转晕乎前停下来吧。而他会再转上一圈，才把你稳稳当当地放下来，你的脚踩回坚实的地面，而世界还在转啊转的。

无论我们承认与否，有时候你也确实承认了，就在将睡未睡的时刻，像这样的念头冒了出来：予你启蒙的、最好的，也是事实上唯一的师父，你所有的功夫本领的源泉，不再是他自己了。他已经老了，不再适合他的角色，转而进入了下一个，他的生命力随着每一次的努力而消磨殆尽。智慧和力量朝来暮去地从他这里流逝。他扮演他的角色太久了，他已迷失其中，直到数十年来不知不觉地产生某些偏离，而你在某一天醒来时感觉到了它，一夜之间某种疏离悄然而生。某种你再也不能跨越的正式的隔阂。

他对你来说终身为父，但不知为何他不再是你的爸爸了。

不再飞檐走壁，不再从美国银行宝塔屋顶②的檐头翘角一跃而下。更常见的是独自一人吃饭，吃着吃着就对着6点钟的新闻节目打起了盹。在你出师扮演成人角色很久以后，你仍然继续到他那里上着每周一次的课程，不过这些课已经变成了一个蹩脚的借口，掩盖

---

① 小心，小心（sio sim，sio sim），原文为闽南话拼音。
② 可能是指美国银行在旧金山的支行，位于唐人街金山圣寺（Gold Mountain Monastery）。

了它们的真实目的：你所带来的你的老父亲赖以过活的必需品。一点杂货，卫生纸，他的各种处方。把东西放在外面，这样他可以方便取用。尽量擦一下地板。时间只有这么一点儿。看一下他的床褥子是否潮湿，有必要就换一下，收拾要洗的衣物，清理床头柜上堆积的纸巾团，里面包裹着干涸的浓痰和凝结的血块。床头柜后面和边上的纸巾更多，富美家桌子下面有一个吃了一半的梨，从你上一次登门之后的第二天就在那里了，它掉落并滚动到那个地方，就在那里慢慢地腐烂，慢慢地变得脏乱起来。这不是由于懒惰，仅仅是身体的衰败。

对不起。我够不着。

没关系，爸。我来拿。

道歉，是真正的信号——这不是你熟悉的那个男人了，那个绝不会对他儿子说出这个词的人，对不起，而且是用英语说的，居然。不是因为他认为自己一贯正确，而是因为他相信一家人永远不必说"对不起""请"和"谢谢"，就这一点而言，这些事情都是多余的，与父子关系相冲突，永远不需要言明，这些事情构成了一个家庭看不见的质地。

尽管总是被忽视，你还是做了你能做的事情。师父——如今是**亚洲老头**了，不仅忘记了他的功夫技能，也忘记了他最忠实的学生，对待你茫然无措又略带审慎的示好，像是忍受一个蛮横却有用的陌生人。你们的关系已经变成了一场哑剧，一个老套场景中的一组手势，一遍又一遍地上演，任何内在的情感都早已被情绪的肌肉记忆所消除，学着如何做出合适的表情，摆出正确的姿势，不是出于冷漠或者缺乏诚意，而是需要维持他余下的骄傲。

窍门是学会什么不该说。静静地走进他年老昏聩的剧院，坐在黑暗之中，不问他任何问题，无论多么简单，那可能会导致片刻的混乱，可能会把你们之间程式化的互动变得过于直白，提醒你们自己或者彼此在这里发生的事情，关系的颠倒，照顾和喂养，身体依赖的残酷事实：如果你不做这件事，他自己也做不到。如果你错过了一个星期，他坐在黑暗之中。不是说他会死。尽管这种可能性总是在那里。但是那一天他会更加孤独，更加渴望。他会找不到东西、丢掉东西，或者打碎东西，只能等你上门或者路过。停留在人物特征里可以避免这一切，让你们把各自的角色扮演得稍微长久些。在好的一个星期里，如果事情进行得相对顺当，你就能过关，排练完你的走位和台词，坚持到一天结束。但在不那么妙的日子里，或者一旦你待得太久，他的耐心和工作记忆力就会达到极限，他会渐渐陷入一种人到暮年的不信任，眼中有忧惧。

即使在那些最糟糕的日子里，他也从未完全忘记你超过一两分钟——不知为何，在他的偏执中，你感觉得到他始终清楚你对他而言很重要。你怀疑这只会让他更害怕你，你的出现带来模糊的亲切感，触发了他记忆深处某种生涩的、轻微的焦虑，儿子回家了，丢失的儿子来维护他挑战父亲的权利。

在那之后的几个月里，他终于安于一种新的、退而求其次的平衡，甚至重新开始工作，扮演**老年亚洲厨子**或者**抽烟的亚洲老头**，对于那些知道他回归的人来说，这很敷衍，也让人难以相信。那些人知道他以前的能耐。一个新的角色，一个新的人生阶段，它会是一个全新的开始，旗鼓已重整。

但过往总是沉在底下。层层复层层，日积月又累。这就是问题所在。在唐人街，没有人能把过去和现在分开，总是能在他身上（在对方身上、在你们自己身上）看到他从前的全部化身，在过往终结很久之后，他扮演的各色人物仍然在你们的脑海里。

就这样，在没有人注意的情况下，师父变得这么老了。还有你的母亲——被认为年纪已大，不再是**风流的亚洲女子**，不再是**有一双杏眼的女孩**，如今是**亚洲老妇人**了——住在走廊的另一头，他们的婚姻已经步入薄暮时分，为了天长地久而结合，却在生活中分道扬镳。理由是她需要继续工作才能养活他，为此她需要最低限度的休息和安宁，这些都是事实，而且他们分开比在一起更好，这也是事实。现实是他们在半路上迷失了情节，他们一度伟大的罗曼司变成了某种历史剧，变成了一个移民家庭的故事，然后变成了一个有关两个人凑合过日子的故事。事实就是这样：过得去而已。勉强凑合，没有更多。因为他们也会，像其他老年人多半会的那样，慢慢地陷入贫困。同样没有人注意。

当然，贫穷是相对的。你们中没有人是有钱人，也没有人梦想成为有钱人，甚至没有人认识任何有钱人。但这个世界上最大的鸿沟就是勉强过得去和不太能过得去之间的距离。跨越这道鸿沟的方式有上百种，几乎都是偶然的。工作不顺利或者孩子发烧了或者错过公交车或者以上这些你都赶上了结果试镜迟到了十分钟而这等于你没能扮演充当背景的**有一张受气包面孔的东方人**。这就相当于，那个星期的钱紧巴巴的，鸡骨头煮了两遍来做稀得像水的汤，让已经见底的米能撑上一顿或是三顿。

跨过那道鸿沟，一切都会改变。站在沟的这一边意味着时间将成为你的敌人。不是你磋磨日子——而是日子磋磨你。随着每个月过去，你的窘迫不断加重，在一个简单的算数真理下不可避免地与日俱增。X 小于 Y，这就没什么办法了。每天的邮件带来了新的担惊受怕或者如释重负，但如果是后者，就只是那种一时权宜，重新启动了时钟的倒计时，直到收到下一轮账单或者逾期通知或者讨债公司的电话。

师父，如同其他众多的**内景 唐人街单间廉租公寓**的场景所呈现的，没有预警、没有抱怨，就这么悄无声息地沦落到了底线之下，很容易把其中的痛苦变得微不足道。曾经年轻、满是肌肉，仍能胜任工作的痛苦。一生都勤恳做事，一生都自食其力，总是付出，从不索取，从不仰仗他人。视自己为大师，坚信自己是专业的楷模，拥有勇气、能力和自律，在数十年间从无到有地建立起了有意义的、甚至或许是颇为值得一提的生活，然后在严酷生活的某个时刻，发现自己正在寻找卡路里。知道在一天的哪个时间点，饭店会扔掉剩下的猪肉小笼蒸包。无法拒绝任何食物，管它是怎么获得的，盯着 99 美分店里的减价食品箱，里面满满登登地堆着糖分很高的块状、片状糕点和磁盘大小的饼干，不是真正的食物，真的只是给孩子吃的，现在成了一个曾经认真对待自己的人填饱肚子的东西。毫不犹豫地买下这种食物，必须克服只吃这种食物的羞耻，不仅仅是吃下它，吞下它的速度比想要的更快，年轻人的尊严被刚滋生的迟钝取代，双手、嘴巴和胃都清楚心灵和头脑还没有悟到的：饥饿。没有什么比一个空荡荡的胃更能提醒你是何等人物了。

平心而论，唐人街好像没人有足够的财力来帮助师父。亚洲老妇人竭尽所能，然而随着工作的减少，要照料好自己都有点捉襟见肘了。而你才刚起步，给出你力所能及的东西，一袋食物或者药品，有时是一块鱼或肉。反正你是这么对自己说的。事实是如果你们每个人都帮助一点，加起来可能就够了。

师兄

有人说那个应当给予最多的帮助，也有能力帮助最多的，是**师兄**，他是这些年来师父座下最有天赋的头号功夫巨星练习生，也从师父的教诲中获益最多。

不是你真正的哥哥。比那个要好。是每一个人的师兄。是神童。是返校节的国王①。是本地区的民间市长。是唐人街的守护者。

---

① 美国大学、中学返校节上选出的最受欢迎男性。

从前是师父当然的接班人，两个人甚至一起主演了一部短小但颇有声名的片子，在里面父子俩都是武术高手（剧情梗概：当政治因素使得常规军事战术变得不可能时，政府召集了一支高度机密的精英特种力量——世界上最出色的徒手格斗者中的父子二人组——来完成一项任务。代号：**双龙**）。

师兄从来不用努力往上爬，也从来不用成为普通的亚洲男人。师兄出生、成长、练习都是为了成为，也最终成了——功夫大佬，这就意味着，当然喽，挣功夫大佬的那份钱。对你们这类人来说这很不错但基本上仍然属于普通的次要角色。

师兄。

就像李小龙，但又截然不同。

李是传奇人物，不是神话人物。太真实，太具体，不可能是神话，他那些广为人知的天分和不断积累的个人传说的细枝末节。电脉冲肌肉刺激训练。大量蜂王浆的摄取。随着他自己的武功——截拳道的发展，创造了一种全新的技击体系和哲学世界观。李小龙就是一个证明：不是所有的亚裔都注定要过普通的人生。即使只有一个人成功了，至少在理论上其他人也是有可能的。

然而物极必反，李小龙证明得太多了。他是一个活生生的、会呼吸的、电子游戏里王怪级别的人物，是一段人类的作弊代码，是亚裔特质和永远设置在游戏专家级难度的可敬品格的理想化身。与其说是一个人，不如说是一种人格象征；与其说一个凡人，不如说是在一段有期限的时间里借给你和你们这类人的神。是一团烈烈燃烧的火焰，让所有的黄种人都能明白何为完美，尽管昙花一现。

师兄正好相反。

不是传奇，而是神话。

或者说是一大堆神话，重叠的，多余的，自相矛盾的。一幅各种想法的拼图，一千零一块撩拨你的拼图碎片，让你看到了某样东西的轮廓，这儿连成一片，那儿拼出一方，刚好让希望不至于破灭，下一块就是对的那一块了，答案"啪"地到位了，它们拼在一块儿是如此严丝合缝。

李小龙是你崇拜的那个大佬。师兄是你长大后梦想成为的那个家伙。

师兄帅酷蒙太奇开始：

——师兄总是留着一头好看的头发，不是那种直挺挺朝上，然后以奇怪的角度歪向一边，后面、侧面、到处都翘着的傻乎乎的头发。不是那种让你联想到数学俱乐部或者口袋保护套①的发型。师兄受上天眷顾，除了其他种种，他还拥有很稀罕的基因表现，是那种微鬈的亚洲男人的头发（不过两鬓总是削得极薄），又密又黑，但带有棕色甚至是红色的挑染。

——师兄的功夫显然是顶尖的，但他可不止于功夫。他还会耍泰拳，精通几种流派的柔道，并且极为喜爱跆拳道（以及它在门面沿街的商业中心里衍生出来的各种派别）。他的巴西柔术很正宗，如果你想要和他在地面扭斗的话，那就真不该这么做，因为差不多 8 秒钟后你就会拍打着垫子，疼痛难忍地流下泪水，恳求他不要再那样扳你的手臂了。

---

① 口袋保护套（pocket protector），一种防止水笔漏墨弄脏衬衣口袋的保护套，由美国人赫尔利·史密斯（Hurley Smith）在二战期间发明。此处与"数学俱乐部"一起，暗示书呆子式的发型。

——如果你把师兄灌得够醉（不是说他真的喝醉了，只是某种微醺，师兄对酒精传奇般的耐受力在无数次的斗酒游戏和深夜打赌中一次又一次地得到了证明，有些很有趣，有些没那么好玩），他会耍刀子给你看，让你在哈哈大笑的同时又吓得要死，他毫不费力地做到了这一点，一只手拿着刀子，另一只手端着啤酒，他的长头发看起来够酷。

——还不清楚他会不会扣篮（从来没有人见他尝试过），但他绝对可以抓到篮筐，考虑到他五英尺十一又四分之三英寸①的身高，单单这一项就相当令人印象深刻了。

——从数据看，这身高对于亚洲男人来说是很完美的。高到足以引起女人的瞩目（即使是穿着高跟鞋！即使是白人女性！），高到不至于被调酒师视而不见，但也没有高到被人当作某种怪胎。

——如果你冒出什么念头，觉得你可以把他带到酒吧里，或者篮球场上，或者随便什么地方去干上一架，你很快就会吃尽苦头，发现这是一个糟糕透顶的主意。无论如何，没有一个家伙想和他打架——他们称他李小龙（哟，哟，我都看了上百遍《精武门》啦），或者喊他成龙，叫他李连杰，对这一切他都安之若素，不管是什么气场，不管是哪里的来头。他游刃有余的水平，在各种语言和亚文化之间挥洒自如，从密室扑克游戏到自找麻烦的街角混混，再到在仁爱宗亲会里下围棋和打麻将的耄耋老人，师兄的影响所及并不局限于"中华帝国"和它的少数民族侨民，还延伸到了其他邻近的"领土"：他可以和日本上班族一起唱卡拉 OK，可以就着一瓶乳白色的韩国烧酒，把两盘

---

① 约 1.82 米。

子抹着血红色辣椒酱的韩式辣炒年糕吃个精光，与此同时在韩国人自己的行酒游戏中，把那些经常出入韩国城的人干得落花流水，在这个过程里，还能张口就来几句相当过得去的韩语（主要是脏话）。

——师兄从来没有加入过帮派，甚至不沾边，甚至特别小心不与三合会或者华青帮有丁点的关系，他不知如何做到了这一点，因此那些吓人的帮派成员对他还是很冷静的。他给了他们以距离，而他们照此回报，这是一种无言的尊重。

——最重要的是，师兄是国家优秀奖学金①获得者，SAT成绩是1570分②。

——每个人都有他们自己的关于师兄的故事。

"伙计你都不知道。上个礼拜我在杰克逊街和第十一街看到了他。"
"他在干什么？"
"在红绿灯的横杆上做引体向上。"
"我也看到他了。"
"不，你没有。"
"我真的看到了。他就是单手做的。"
"没什么狗屎的单手。师兄不会浪费时间做稀松平常的引体向上。不像你们这些菜鸟。"
"你才是菜鸟。"
"再说一遍。当着我的面说。"

---

① 美国高中毕业生的最高荣誉。
② 满分为 1600 分。

"你是菜鸟。"

"闭嘴，白痴。你们中有谁真的看到师兄了吗？"

"是的，就是我说的。引体向上。做了差不多 50 个。"

"更像是 70 个。"

"用左手做的。"

"他是左撇子，笨蛋。"

"师兄是左撇子吗？算了吧。你是笨蛋，笨蛋。"

"他两只手一样灵巧。你们两个都是笨蛋。"

——师兄的故事差不多就是这样堆堆叠叠地发展起来的，互相冲突，互相融合，互相抵消。到最后，你搞不清楚里面有多少是真实的，又有多少是本地的传说，赫赫英名在这些年来不断地扩大，但无论如何，这都无关紧要。就算师兄实际上不是真人，他仍然是某些尚在构思中的唐人街故事里的顶顶重要的角色。他仍将是每一个人心目中真实的存在，神话中的**亚裔美国人**，是被同化和可信赖的理想的结合体。另外，还有一个好处：一个切实可追的富有浪漫色彩的榜样。师兄是那样一种人，让唐人街的每个孩子都想变得更好、更高、更强、更快、更主流，同时多少也更小众。让你们每个人都想变得比你们能想象的更帅，比你们可成为的更酷。给予了你们去奋斗的许可。

——在师兄风头正劲的一段时间里，为时不长，一切都顺风顺水。那个时候的事情都是顺理成章的。天选之子，最出色、最聪明，按照西方传统标准来看也最英俊，他在体系内拼搏，一路向上，抵达了代表最高成就的指定位置。其他所有的亚洲人都站在他的阴影之下，感到一切皆有可能，或者说如果不是一切的话，至少是有一些。有一些事情是很有指望的。晚上你们头枕着枕头睡觉，梦想着这会是什么样子，成为电影的一部分，躺着、醒着、想着，师兄在《黑与白》中可能达到多高的位置，这对你们其余人又意味着什么。

——然后有一天早上你醒来，一切都结束了。梦想已经破灭。师兄不再是功夫大佬了。详情不便透露，官方的说辞是不了了之。这对你们所有人来说是一个有点意外的结果：没有功夫大佬了。毫无来由地，师兄的黄金时代完结了，没有先兆，也不张扬，更没有任何理由，真的。或者至少是，没有官方的解释。非正式的，我们理解。存在一个天花板。过去一直在那里，将来也会在那里。即使对他也是如此。即使对我们的主角来说，同化的梦想也是有限度的，你们中的任何一个人能进入《黑与白》世界的程度都是受到制约的。

对他来说，这或许是最好的结局了。不管怎么说，对他本人是好的。师兄，尽管成就斐然，似乎从未完全适应他在等级体系里注定的那个位置，也从未全然地享受他全部的职业生涯。他没有把自己当作功夫大佬。他没错。他的功夫太纯粹了，也太特别了，没法以人人都了然于心的那种方式来使用：华而不实，愚蠢透顶，人人都瞧过上百万次的一模一样的动作，然而依旧希望他在每一场婚礼和每一次春节庆典上炫耀一番。宁可声名从未落到他身上，好把他的主张传承给子孙后代。宁可成为传奇，而不是明星。

师兄帅酷蒙太奇结束

表演者可能会被他自己的表演所迷惑，在那一刻相信他所营造的对现实的印象是唯一的现实。在这种情况下，我们有一种感觉：表演者变成了他自己的观众；他成了同一场演出的表演者和观察者。

——欧文·戈夫曼
（Erving Goffman）

内景　金宫饭店

她是

该部门历史上
最年轻有为的警探

他是

为了尊重父亲的遗愿
离开华尔街的第三代警察

他们一起

带领着不可能重案组，负责破获最不可能解决的案件。

当所有人都失败了，ICU[①]
是伸张正义的最后希望。

当所有人都失败了，你可以呼叫：

黑与白

这是他们的故事。

---

① ICU，Impossible Crimes Unit 的缩写，意为"不可能重案组"，也恰好是重症监护
室（intensive care unit）的缩写。

内景　金宫中国饭店—夜晚

死去的亚洲男人死了。

白人女警察

他死了。

黑人男警察

看起来是这样。

我们的主人公们查看俯卧的亚洲男性身体，上面半盖着一张床单。

黑人男警察

家属呢？

白人女警察

正在查。

一位犯罪现场调查员用拭子采集东西。另一位测量一摊干涸的血液的半径和喷射模式。一位穿着制服的女警员（黑人，二十多岁，很有魅力）朝白人女警察和黑人男警察走来。

黑人男警察

你们有什么发现？

有魅力的警员

饭店里的人说他的父母就住在附近。我们正在
追踪住址。

白人女警察

不错。我们要去拜访一下。或许有几个问题得
问问他们。

（接下去）

还有别的人吗？

有魅力的警员

有一个兄弟。

似乎失踪了。

黑与白交换了一个眼神。

黑人男警察

这案子说不定是……

白人女警察

错抓贼王 ①。

白人，面无表情。黑人使劲儿板着脸，但和往常一样，他首先

---

① 原文为 The Wong guy，意为"姓王的家伙"，与喜剧电影《抓错人》(*The Wrong Guy*) 谐音，也讽喻了亚裔带口音的英语。

绷不住了，突然亮出了他标志性的笑容。白人多坚持了片刻，也跟着绷不住了。这是他俩的影片，他们知道没有他们就无法继续，这让他们很是自得。

"对不起，对不起。我很抱歉。"白人说道，想要保持冷静，"我们能再来一遍吗？"他们好不容易止住了笑声，这时黑人的鼻子咻地抽了一下，这让他们再一次咯咯地笑了起来。

《黑与白》。两个警察，一个种族一个人。在片头的演职员表这里，他们开着一辆黑白两色的警车巡逻，尽管他们是警探。这很说不通。如果你想得太多，也就是说你思考电影的时间超过了观看电影的时间，那么情节、人物动机、故事背景或者随便什么，统统都会说不通。但套路很管用，行之有效的套路不会让你迷糊。

有时候会有一个游离的**拉丁裔女孩**。他们把她归入以人口统计角度来选择目标群体的市场策略里。她很有技巧地出现在海报上，但不是你视线所在的地方。她在边上，她的头部靠近边缘，比那些黑人和白人都要小（这样一来，通过强行透视的神奇魔法，巧妙地在两位主人公的后面呈现出来）。她美丽的脸庞悬停在一大片抽象的空间里。

这一切都有一种模式，一种结构，一种特定的样式。有一个观念，认为任何问题，无论多么混乱和血腥，无论发生在**外景 大街**还是**内景 办公室**或是**内景 犯罪实验室**抑或是**内景 中国饭店**，任何祸端或社会痼疾，任何出自仇恨或偏执的犯罪，都能打包进套路。这个观念还认为存在各种线索，而这些线索都可以被抽丝剥茧，节奏都刚刚好。也就是说，每一次插播商业广告时都有重大的突破或者挫折，每一场戏都对问题有新的发现。而他们，我们的主人公，能够让真相水落石出，并且说到底，一切都是出于人类本性（嫉妒和背叛，还有，你懂的，谋杀）。一个乐天到不可思议的观念。一个深深的坚不可摧的希望，即他们，黑人和白人，将能够直面这种危险，并且一举成功。下城区或许是赤裸裸的、黑暗的，到处都是罪恶，但在某种程度上，存在一种不言而喻的信念，坚信我们生活在一个可以控制的世界里，并且自有其情节发展的规律和惯例：

生活一小时一小时地进行。

线索依照顺序呈现，一次一条。

两名调查员，配合默契，可以解开任何谜团。

而亚洲人就是有些不一样——他们的脸，他们的肤色——会自动地把你带离这个现实，迫使你回过神来，然后说，哇哦，哇哦，这是什么？我们在一个什么样的世界里？这些亚洲人在我的警探片里干什么啊？

亚洲人就是有些不一样，会让现实变得有点过于真实，使《黑与白》的简明、对立和凝练变得过于复杂，一个久经考验的套路，因此做出选择并不是出于某些泛泛的把亚洲人排除在外的阴谋论，而是由于保持我们现在的样子更容易一些。两个警察在城里游荡。警区，车子，下班后的酒吧。已经做出了选择，不过它根本不是选择，恰恰相反，它只是顺理成章。你出演了警探片。你拿到了你的小小的支票。你想知道：你能改变它吗？你能成为那个真正打破壁垒的人吗？

内景　金宫中国饭店—第 2 条

死去的亚洲男人，还是死去的样子。

白人女警察

他死了。

黑人男警察

嗯哼。

白人女警察

这么说我们有一具尸体。

黑人男警察

我们有一具尸体。

人物小传：白人女警察

莎拉·格林，31 岁

漂亮，但是强硬，但漂亮是重点。聪明人。工作很出色。工作极其出色。来自一个破碎的家庭，一路打拼，想要成为警局里最受尊敬的警探。头发向后梳成马尾，说明她在摆弄武器和打理自己上都游刃有余，而且她还是那种有生啤就点生啤的姑娘，如果手边刚好有体育版，她也不反对去瞧上一眼。就是那种姑娘。此外，很漂亮。要是这一点还不够清楚的话。非常非常漂亮。

格林

（注视着死去的中国男人）

我们从哪里着手？

黑人男警察

家庭纠纷吧，也许。

（为了效果而停顿；远处的钟声，隐约的
东方气息）

某种文化上的东西。

人物小传：黑人男警察

迈尔斯·特纳，33 岁

高大壮实。真的壮实。就像是，如果 – 灰色 –T– 恤 – 还没有给 –
发明出来 – 它们 – 就必须给 – 发明出来 – 这样 – 迈尔斯 – 才可以 – 他 –
妈的 – 紧绷绷地 – 穿上 – 它们 – 的壮实。就是那种壮实。

两鬓薄削，棱角完美，皮肤光滑。英俊得要命。耶鲁，然后是
高盛，再然后是一个对冲基金，正要迈向一份更大的事业的时候，他
的父亲，纽约市警察局工作了 27 年的一位老手，在执行公务时被杀
害。他在父亲葬礼的第二天加入警校，以全班第一名的成绩毕业。从
那以后一直在警局——如今已经 11 年了，但开始变得焦躁起来。

警局历史上最年轻的警探（被联邦调查局招募，也为纽约几位亿
万富翁主管私人保安）。警察通常不会这么有名，不过话说回来，迈
尔斯·特纳也不是寻常警察。人人都想从他身上捞一点好处。目前正
在斟酌他的去向，但还不能向格林坦陈。他们是一队的——并且，考

虑到他郁积其中的神情——或许还有其他的隐情？

特纳

（性感的低语声）

你听到什么了吗？

> 你就在一旁
>
> 看着这一切。
>
> 一个旁观者。

黑人和白人一起转头朝向屏幕外，凝视着黑暗，他们的脸熠熠发亮。但那里什么都没有。然后：

格林

迈尔斯。

特纳

什么？

一个声音，从小巷子里，从背景深处传来——丰富的音效。

阴影里是一个**亚洲老头**，七十多岁。

特纳拔出了他的枪，镇定自若。

格林也抽出了她的那一把，打开保险，手指扣在扳机上。她看上去一反常态地紧张。

特纳

谁在那里？

格林

把手放在我们能看到的地方。

> 他们要对他
> 开枪。你必须
> 说点什么。
> 但你怎么能够呢？你
> 没有一句台词。

亚洲老头走进了光亮处。特纳及时看到了他。

特纳

别！

格林放下了她的枪，重重地喘气。特纳咬紧牙关。

格林

谢谢你，迈尔斯。

他们交换了一个意味深长的眼神——这就是《黑与白》的核心，就在这里，他们的搭档关系是怎样步步发展的，当然喽，还有所有这些性感撩人的眼神交流。

在他们面前的是格林差点射杀的那个人：亚洲老头子，推着一辆装满塑料瓶的手推车。

特纳换了换身体的重心，焦躁不安。

格林

先生？

特纳

（对格林说）

我觉得他听不懂你说话。

特纳转向亚洲老头，微微弯下腰。

特纳（继续）

（声音略有点大）

你听得懂我说话吗？

亚洲老头

（不带口音）

懂啊，伙计，我说英语。

亚洲老头转向你，微笑。

格林大笑。特纳呸了一声，看向导演。

导演大声喊"停"。

从你还是一个孩子的时候起，你就梦想成为功夫大佬。

你不是功夫大佬。

但是或许，只是或许，明天就梦想成真了。

内景　唐人街单间廉租公寓

　　家是唐人街单间廉租公寓八楼的一个房间。在夏日夜晚打开廉租公寓的一扇窗，你可以听到至少五种方言在说话，声音在室内中庭上蹦下跳。这个庭院实际上只是一列朝向室内的纵向窗户，也充当社区的晾衣空间，横七竖八一排排的功夫裤，适合所有普通的亚洲男人，至于那些**无名的亚洲女人**，廉价的仿制旗袍，大腿处高高开叉，或者稍微含蓄一些，是那些**端庄的亚洲主妇穿的**，还有**营养不良的亚洲宝宝**用的毛巾布围兜，通常用蒙太奇来表现，当然，别忘了亚洲老妇人和亚洲老头子的那种老祖母式样的高腰裤衩和脏兮兮的白色背心，各有各的。通过这幢建筑物无形的、复杂的、（对外人来说）难以理解的窗户之间的信息传递系统，这一室内的空间还兼作了信息通道，它可以实时工作，比最低级的科技水平还要低——基本上，你把脸朝向你想要沟通的那个人的大致方向，然后把你想让他们知道的东西对着他们大吼一气。不知道为什么，尽管声音嘈杂（或许正因为此），你的对话人通常都能收到你的信息。

　　遵循长远以来的移民住在工作场所上面的传统，单间廉租公寓就坐落在金宫饭店的上方。它是这样的：底楼是饭店，夹层是办公室，然后另外七层都是单间廉租公寓的起居室——每层楼 15 个单间公寓，走廊的尽头是一间带淋浴和抽水马桶的盥洗室。厨房里的声响和气味永不停歇地从底下往上冒，没日没夜地，一年到头地（即便是感恩节和圣诞节），所以当你睡觉的时候，在某种程度上，你仍然在饭店里。你从未真正地离开过金宫饭店，即使在你的梦中。

内景　唐人街单间廉租公寓—楼梯间—夜晚

当你爬楼梯去往你的房间时，你经过每一层楼，每一层楼都有自己的生态系统，自己的一套规矩和地盘。

二楼是你家人住的地方。你应该顺路看看。这会让她高兴。不是说她会表现出来。不是说她会笑出来。更像是板着脸。你应该做一个更好的儿子。就那一时半刻。但这不会是一时半刻。还会是更多。会是内疚和那种沉重的感觉，会是深深的叹息，会沉重而无法言明，此刻你不知道你是否能做到。

卓家人住在三楼。和你父母住在单间廉租公寓的时间一样长。有一个女儿，很聪明，但最终还是在楼下打工；一个儿子，叫**托尼·卓**，要幸运得多，生来是个男孩，有机会搬到城里，也的确搬走了，他是一个寄送钱和食物回家的孝顺孩子。在你还是个孩子的时候，**普通的亚洲男孩**，你会在他们家门口晃荡，希望能在恰好的一天逮到他，你说不定会走个运。托尼可能会给你一块双凤饼家的杏仁饼干，或者塞给你一两块钱，只是为了显摆。

没有四楼。四是很不吉利的。四听起来像死。

五楼是**舞女**（二十多岁，漂亮，有异国情调）住的地方，她扮演了太多回妓女，这里的女人都躲着她，男人和大男孩则为她敞开大门，说她怎么能因为美貌而妄受指责，一边努力不让自己的视线粘得太紧，她那紧身旗袍勾勒出了每一条曲线。五楼还有赌场，实际上只是一间屋子，由三个**亚洲黑帮成员**（十八九岁到二十五岁左右，文身，他们精瘦的肌肉和骨感的身材不怎么撑得起他们挺括的白色汗衫；总是在抽烟，即使在睡梦中）共用。

六楼是**和尚**住的楼层——他已经四十年没有说过一句话了。师兄的屋子不靠着和尚的，在走廊的另一头。他是和尚唯一认可的人，他们的屋子在这一层楼的两头。

七楼住着**皇上**。没有哪个孩子敢去敲皇上的门。传说，在很多年前，皇上，嗯，扮演了一位皇帝。明朝，锦衣卫，样样都有。虽然到中学时，大多数孩子都听到了完整的故事，皇上就跟那个速冻的东方美食电视快餐品牌"皇悦"里的皇帝一样——烧卖和虾饺只要两分钟，包子三分钟。只要用你的餐叉在上面戳几个洞，放进微波炉，很快你就可以像皇帝本人一样享用盛宴了。

皇上的工作是把这些装着热气腾腾的美食的塑料托盘端给来自美国中部某地的金发家庭，然后向他们弯腰行礼，而这时屏幕之外，在黑暗中，一声锣鸣（更远的屏幕外，在历史的迷雾中，你可以听到五千年前的文明集体哭泣）。之后，皇上会拿到他的支票，会把钱花在啤酒和米酒上，一杯一杯地喝酒，直到他酩酊大醉，能够一笑置之，直到他烂醉如泥，不再感到羞愧，什么都感觉不到，从手指到脚趾都无知无觉。不是说他必须为单间廉租公寓而羞愧。他有的只是仰慕者，即使在今天，他还是有帝王的气派，那笔不容小觑的重映收入让他保持了王者地位。在这幢大楼里，每个月多挣几块钱是大有用处的。

在八楼，你看到了你的母亲，就站在你家门口。

"你吃了吗？"

"什么？你怎么上来的？"

"坐电梯。"她说道。

"妈。你知道那玩意儿就是一个死亡陷阱。那部电梯从来没发生过什么好事情。"

"你差点儿就出生在那里。"

"我想象不出那是什么情形。"

"你没有来看我。"她说道。你的脸一下子发烫了。

你拥抱着她，就会想起这些年来她萎缩了多少，如果她站得笔直，她的头顶可能会够得着你的锁骨。

"给你带了点吃的。"你说道，递给她满满一塑料袋的粽子。

"这是给我的吗？"

"对啊。"

"你没把它送过来。"她说道。

"我就猜你会来，总归会拿到的。"

"真不赖，威利斯。"她说道，然而她还是收下了。你可以看到她结头的手腕和小臂上的疤痕——两条凸起的、深色的皮肤。

"里面有几种不同的口味。也带给爸。"

她看了看袋子。

"是哦。是我喜欢的那些。带香菇的吗？"她笑了，"晚点去看看你爸。"她说道，更像是一个请求，而不是要求。

"他怎么样了？"

"不太好。可能需要你搭把手。"

"他不肯跟我开口。不像他以前了。"

"不是那种帮忙。他想把床挪到墙那边去。"

"这个他不需要我帮忙吧。那张床甚至——"不过你看到了她看向你的眼神，你意识到：如果他能搞定的话，她不会来问你。

"好吧，"你说道，"我过一会儿就下来。"

闪回：你的母亲

你对她最早的记忆，她是**年轻美丽的东方女人。**

她为你打包午餐，穿着闲暇时的服装：印花衬衣，涤纶喇叭裤。她蹲在充当台面的狭长操作台旁边，搭配一份小小的便当，儿童午餐被整齐地摆在几个格子里：在主格子里的是三个水饺，塞着猪肉糜、姜末和葱花的馅。两个较小的格子里，是一团山药软米饭和一把略有点碰伤的葡萄。她把盒盖压得紧紧的，另外绑了一根宽宽的橡皮筋（你五岁，你在吃饭前至少要把饭盒掉落三次），然后把它递给你。

你记得你们一起吃了上百顿安静的晚餐，你的父亲还在工作。说到甜点，要是你够幸运，就再来点葡萄或切成小块的哈密瓜。要是没那么好运，就只有一杯装在纸杯里的、稀释了的混合水果口味的Hi-c汽水。是常温的，不过你不在乎。你小心地啜饮，品尝每一种风味，然后在快要喝完的时候，一个劲儿地把杯子倾倒过来，直到最后一滴顽固的水滴顺着蜡质的纸杯内壁流到你的舌头上。你吃掉最后一口晚餐，宣布你吃完了。我饱了，你说道，然而实际上你还想再吃一点，你的母亲也知道。她拿她碗里的来喂你。这么近，你可以闻到她的气息，浓郁的，几近甜蜜，还有蔬菜和大蒜的味道。告诉你她刚刚来到这个国家的故事。她梦想的这里的生活。

晚餐后，她在走廊尽头的公共水池洗盘子，把它们擦干，再带回房间，收在桌子底下。（在单间廉租公寓，你要考虑所有的三个维度。一个房间不是一张平面图，不是一块占地面积，它是一个空间，一种容积，等你明白了这一点，你无法相信这里有多大的容量。你挂东西，你把东西再挂在那些东西上。你层叠，你堆放，你硬塞，你利用了生活中每一处可用的立体空间，而不仅仅是平面图或示意图。你在中空的物件里找到隐藏的空间，一个食物篮或者洗衣篮，一个茶叶罐或者饼干盒，东西里面有东西里面还有东西。）

　　她稍微打理一下自己，就会下楼去金宫饭店打工。她大多在晚上工作，而且时间不定——她在你爸回家之前的两个小时开始上班。你有一定之规：在妈妈走后你可以看三十分钟电视，然后你就上床睡觉。

　　你记得她穿上工作服时，你站在前门等着。你记得她晚上离开后的那一刻时光。房间静默下来。她的情感能量从屋子里流失，她的保护气场慢慢消散。

闪回

你的母亲照着教科书学习。《如何在房地产行业赚 100 万美元》。不需要经验或者资本，只要几条基本的准则（地段，地段，地段）和努力工作的意愿。

她不用工作的周五晚上是最棒的。八点还差几分钟的时候，你看向她，而她点了头，你按下电视开关看功夫片。片头的演职员表让你心跳加速。疲惫的旅人。他们把白人打扮成像是亚洲人的模样。不过你不在乎。你是来听音效的。你是来学武术的。

脚踢，拳打，横扫身体，击打头部，固定的程式。然后音乐响起，刺耳的不协和弦，冲突的小调。时不时的锣鸣。

镜头对着主角前推。

镜头对着他的对手前推。

眼睛，就在眼睛里。

这太精彩了，你无法拒绝，你激动了，在屋子里兴奋不已，你的家，你的世界，你五岁。你在练功夫，你是未来的功夫大佬。你是**功夫小子**。

功夫小子

总有一天，我要成为李小龙。

你重复了一遍，为了营造气氛。

功夫小子

（嗯哼）

我说，总有一天，我要成为李小龙。

接着又说了一遍，不过还是没有得到你母亲的响应，她正埋头看她的教科书。屏幕上，两个对打的人在离地面 6 英尺①的高处飞来飞去，在空中翻筋斗，一路打旋，水平旋转，倾斜旋转，360 度旋转，720 度旋转，1080 度旋转。地心引力在耐心地等待两位黑头发的大师屈服，他们不像凡夫俗子那样注定要受到物理规则的束缚，而是出于本意，只在他们乐意的时候才会回到地面，甚至还要遵循他们自己的方式。他们的身后是蔚蓝的天空，正午的太阳让整个场景呈现逆光的效果，这样就洗去了一切的细节——他们太阳穴上的汗水，他们雕刻般的、强健有力的身体特征——只留下了剪影，两位功夫高深的大师那风格鲜明的、超越时间的典范。嗨——耶。功夫小子跳跃！旋转！你的腿劈开虚空，把世界一分为二。哇。呀。轰。制作你自己的配乐。准备好做大动作，完全的空中劈腿，双腿水平，脚尖绷直，下半身成一条直线，力量从你的双脚向两边迸射……

你成功了。

前所未有。

……或者说你是这么以为的，几乎完成了这个动作，然而在你落地的时候，你的脚碰到了一个塑料托盘的边沿，里面有你妈泡着乌龙茶的茶壶。托盘在空中划出了一道弧线，所有东西都在超——慢——速运动，不知道为什么你母亲的脸自始至终都保持着平静，她的脸上只闪过一瞬间的担忧，因为那把滚烫的茶壶往下掉的时候差点砸到你。她抓住了它，或者说差不多抓到了，壶身的一大半落在了她的手掌上，这肯定是不痛的，因为她并没有大喊大叫，而只是拿住了它，承受了冲击，所有滚热的水和冲力，没有让你愚蠢的小脑袋受到任何伤害。

---

① 约 1.83 米。

你已经可以看到她手腕和小臂上出现的红色烫痕，烫伤会剥落，然后会留疤，然后会变黑变硬，成为一个提醒，在多年以后你还会一眼就看到。上床睡觉后，你听到她在走廊里走来走去，挨家挨户地问邻居有没有芦荟，但是没有人有，或者说没有人有那么一点舍得给的芦荟，所以她只得把一小团冰凉的牙膏涂抹在创伤上，留下一抹厚厚的薄荷绿。你躺在床上，醒着，听到她回房间的声音，准备迎接她的雷霆之怒或者捶胸顿足，然而相反，你所得到的全然出乎意料。态度温和。她的眼中有柔情。唯有一样东西比愤怒还要糟糕：忠告。

功夫小子

对不起，妈。真的对不起。

妈

（对你摆了摆手）

我才不在乎呢。答应我一件事，好不好？

功夫小子

好的。

妈

长大后不要去当功夫大佬。

功夫小子

好，好，我保证。

（接下去）

等等，说什么？

妈

你没有听错。不要去当功夫大佬。

功夫小子

噢。那我该去做什么呢?

妈

更好的。

你静静地躺在那里,努力去想象她是什么意思。功夫大佬已经是登峰造极了。怎么会有人能更好呢?

内景 唐人街单间廉租公寓

在单间廉租公寓的大多数晚上，你上床睡觉的时候会有点饿。更难耐的是，还不得不熬到凌晨一两点钟才能洗澡，要是不用长时间等待的话会好一点。人们从走廊一直排到了楼梯间，手里拿着牙刷，毛巾扔在肩头，有读报纸的，有说三道四的，有盯着墙壁看的。夜间是一场与厌倦、饥饿、炎热和潮湿之间的战争。到了午夜，你的胃发出各种各样的声音，它变成了一个游戏，想象一下从你的腹部传来的种种咕咕的抱怨声，实际上是你身体里的器官在向你传达十分具体的事物的方式。"来一份四分之一磅重的麦当劳足尊牛堡怎么样？"或者："要是把你的鞋子给煮了呢？"又或者："如果煮鞋子的时候放一点大蒜和辣味番茄酱呢？"把湿毛巾扔进冰箱，放一会儿再拿出来会很享受，假使没有别人捷足先登的话。

每隔很长一段时间，午夜的亢奋会席卷整幢大楼，从一条走廊开始，然后像野火一样上上下下地沿着楼梯间蔓延。怨悔会熬成怨火，凝结出这样一个念头：这他妈的有多搞笑啊？因为在某些时刻，这他妈的还真有点搞笑。有人说让它见鬼去吧，从冰箱深处挖出他们本该冻存的牛肋排，把它扔进平底锅，跟洋葱和蘑菇一起煎，把白菜、生姜和大蒜切成片，油脂滋滋作响，香气四处飘散，弥漫了整个过道。一个十几岁的少年打开了某种音乐。一旦开了个头，门就会一扇扇地开始打开，直到所有的门都打开，整幢楼喧闹起来，直到旭日升起。就好像没什么可在乎的，因为确实没什么可在乎的，因为那个念头是，你来到这里，还有你的父母和他们的父母以及他们父母的父母，你们永远像是刚刚来到这里，然而又像是从未真正地抵达。你们在这里，说来如此，置身于一个到处是机会的新大陆，却不知为何，被困在了一片假装的往昔家园里。

内景　唐人街单间廉租公寓—八楼

你迷迷瞪瞪地睡了一会儿，在醒来的那一刻才意识到自己睡着了，那帮白痴正在用各种各样的方言互相骂骂咧咧，你被这熟悉又烦人的声音吵醒了。你打开门，发现他们在打发时间，吆五喝六，打着纸牌，似乎这幢楼里的每一个男人都在这儿了，挤在你的门前。普通的亚洲男人，只是在这里他们有名有姓：

通常会有的。陈、林、凌、冯。

而且，不用说黄、洪、张、李。

李、林、吴、王。

还有楚、杨、邱、蔡、廖、傅、谢。

甚至唐、莫、戴、严、张、龚、顾。

更别提龙、姜、孟、白、卫、于。

潘、彭、吴、林、叶、岑。①

你探出头来，他们扯着你的胳膊把你拉到了走廊里。

我穿着内裤呢，你说道。不过他们有一半人也这么穿。各穿各的。

有人拍了拍你的背。超人威利斯。

蔡表哥，伙计，你怎么样？你叫他表哥是因为你们的妈妈很要好。

有人开始说长道短。

嗨，嗨，大家听好了。

什么？

我要告诉你们一件事情。

什么事情？

---

① 华裔来自天南海北，其姓氏往往根据方言的发音记录而成，同一个姓氏由于普通话、闽南话、广东话、潮州话、客家话等发音不同而拼法有异，此处出现的"林"，原文分别为 Lin、Lim 和 Lam，"李"依次为 Li 和 Lee，"吴"则是 Wu 和 Ng。

我就要得到那个角色了。

你？是你？

为什么？为什么不是我？我有一把好头发。

这没错，但你个子矮。

我们一样高。

乱讲。

我可以把你们全都打翻在地。

你是说我们是弱鸡？

没人这么说。

所以你真的认为我是弱鸡。

我没说过那句话。是你说的。

我说了什么。

那句你是弱鸡。

再说一遍。

我没说过那句话。不过没问题，我可以当着你的面说这话。你是弱鸡。

当着我的面说。

我刚才说过了。

你就是嫉妒我的咏春拳打得最好。

不，不是。不管怎么说，现在不再跟咏春拳有关。他们想要炫技的腿法。

不，他们不想要。他们甚至不清楚咏春拳是什么。他们要跆拳道。

他们想要中国的拳术和韩国的腿法。

他们不知道自己想要什么。他们就想要够酷的亚洲玩意儿。

最终，全都达成了共识。够酷的亚洲玩意儿就是他们想要的。只要你能搞清楚那是什么意思。

是什么让你们觉得这一次会不一样呢？你说道。

你是什么意思？

或许他们会让我们中的哪个人成为功夫大佬。或许会有几场很不错的戏。或许会有一张海报，在背景里，丁点大小。那又怎样呢？

静场。他们都知道你是对的。

停顿一拍。

然后**邱**说道，威利斯伙计，为什么你总是这么煞风景呢？大伙儿纷纷同意，接着打牌去了。

内景　唐人街单间廉租公寓—八楼—你的房间—夜晚

住在八楼的主要问题是九楼浴室的淋浴底盘破裂了。它在你小时候就裂开了，那会儿你和父母一起挤在这个房间里，现在它还裂着。在过去的几年里，他们已经修理了五六次，但总是怎么便宜怎么来，用廉价的材料填补，而他们真正需要做的是换掉这一整个该死的东西。否则，它只会一次又一次地裂开。众所周知，水讨厌穷人。只要有机会，水总是千方百计地让穷人难堪，往往是在最糟糕的时刻。

对那些住在八楼的人来说，这意味着每回**老冯**（903室）在洗澡时睡着了，或者**王太太**（908室），或者其他住在九楼的**老年亚洲人**忘记关水龙头（或者是由于类风湿关节炎、腕管综合征或全身衰弱而关不紧），大约五分钟后，整个底盘就被淹了。这也就意味着，我们这些住在下面八楼的人（还有部分靠大楼这边的七楼住户），在接下来的几个晚上都要睡在半英尺①深的水里。有一回，水一路往下淹到了六楼，浸

---

① 约30厘米。

湿了**黄家小宝宝**面朝下睡着的小小坐垫，有那么几分钟，黄家小宝宝隔着尼龙呛到了洗涤废水，一直到她的妈妈被滴到头上的水吵醒了，才发现她的小姑娘面色古怪。宝宝活了下来，不过直到今天，每当你看到她在走廊里奔跑，想要追上别的孩子时，你能听到的就是她嘶啦嘶啦的喘息声。她看上去有点儿迟钝，虽然她爸爸本人——为人善良到人人都喊他**老好人黄**，也相当地迟钝（他甚至从来没能成为一个普通的亚洲男人，卡在了没有台词的角色里）。所以谁知道呢，也许这整个儿差点淹死在她自己的婴儿床上的事情，最终并没有对黄家小宝宝有太大的影响。反正她也不会去参加奥运会。她多半会成长为一个无忧无虑的孩子，就生活在这幢大楼里，就在唐人街，这很好。她什么都不懂。

内景　唐人街单间廉租公寓—夜晚

　　老冯又在洗澡时睡着了。你知道是因为天花板上的水渍颜色变深了，还给泡得发胀。差不多十分钟后，你的卧室就要落雨了。

内景　唐人街单间廉租公寓—片刻之后

　　你的卧室里面在下雨。但愿老冯睡得愉快。

内景　唐人街单间廉租公寓—走廊—更深的夜晚

　　该死。你搞错了。老冯并没有在洗澡时睡着。他死在那里了。

有人去敲门，告诉他电话在响。老冯的儿子，**小冯**，每周打一次电话，来看看他父亲的情况。老冯通常整天坐在他的床上，不愿意动弹。他从不错过那通电话。他会一点一点地啃薄脆饼干，也有可能听收音机，音量低得几乎听不见。又或者看一眼台湾的报纸。不过大多数时候，他只是盯着他那老掉牙的转盘式电话机，等待铃声响起。

显然，故事是这样的：老冯等了一整天，而小冯没有打电话来，因为他不得不加班，等小冯到家的时候，已经太晚了。他打电话时，刚好在老冯跨进淋浴房的那一刻。老冯听到了铃声，激动地想和儿子说话，他想要出来，滑了一跤，他的头撞到了淋浴房墙上向外突出的发霉的肥皂托。

显然，蔡肥仔是发现他的那个人。这一次，蔡没有太多可唠叨的。他沉默了很久。喝了一杯不冰的基督教兄弟白兰地和半罐银子弹淡啤后，他才止住了哭泣。然后肥仔又面无表情地坐了半个小时，开始解释发生了什么。

是在地上发现他的，肥仔边喝啤酒边说道。水淌成了一片。一定是撞到水池的边角了。脑袋变得像水果一样软绵绵。

"他不停地问我，"他说道，"一只眼睛闭着。问我他的头怎么了。"

内景　唐人街单间廉租公寓—深夜

小冯来了，要取走他父亲的东西。现在每个人都站在这里，拼命想着在这样的时刻该说些什么。王太太开口说话了，声音比发颤好不了多少。

王太太

你是一个好儿子。

小冯

谢谢你，王太太。

王太太

你不要自责。

小冯

我没有。好吧，我先前没有。但我现在有点儿。

老陈嘘了一声王太太，瞪了她一眼。她瞪了回去。在横眉怒目方面，她比老陈要更胜一筹。

你精疲力竭，但你不可能回到床上睡觉了。所以你跟五楼的**李夭仔**讨了一根烟，然后跑到这里来抽烟。

你一直在想老冯。不是说他死得孤零零的。不是说他死得光溜溜的，或者说湿淋淋的，也不是说他半个身子都是肥皂。而是说他在等儿子电话的时候死去。是说他活着的时候，绝对相信这世上有一个人永远在乎他，永远记得来看望他。然后，在他生命的最后一刻，他不确定这是否仍然是确凿的。

小冯收拾着他父亲的东西。一个简单的行为，一丝不苟地去做，就变得意义非凡。他拖着一只旧的轮船行李箱进房间打包物品，小心翼翼地把每一样东西都放好。抚平破旧的衣服，就好像他的父亲还用得上。对这些破破烂烂、一文不值、最普通不过的东西郑重以待，就像老冯过去教导他做的那样。

你站在走廊里，透过门口往里看，假装你并没有透过门口往里看。他是忘记你回到这里了，还是他根本不在乎？你认为是后者。小冯又不是每周为 1200 万个观众表演，甚至都没有 12 个，此时此刻，单间廉租公寓的其他住户多数都慢慢地散去了。等到收拾完毕，小冯最后一次检查了房间，然后转向他父亲的空床，低下头说了声再见。

内景　金宫饭店—关门后

回到里面，饭店关门了。桌子已经清理干净，厨房也暗下来了。

现在是金宫中国饭店的卡拉 OK 时间。

在所有的顾客结束了他们对马文·盖伊（Marvin Gaye）和史提夫·汪达（Stevie Wonder）颇为自鸣得意的表演之后，游客们一杯又一杯地喝荔枝玛格丽塔蒂尼，低着半个音阶醉醺醺地嘶吼惠特尼·休斯顿和席琳·迪翁，在所有这一切之后，轮到伙计们来霸占麦克风了。他们不会浪费它的。下了班的店堂伙计一边大口喝着听装的特卡特①啤酒，一边用颤音唱着科里多斯②民谣，沉醉在他们的鼻音中所包含的十多种不同的情绪里，你都忘记了你也有过。但即使是他们也只能算是这一盛事的热场。在约定的时间，一分不早一分不晚，他出现在舞台下面。

亚洲老头拿起了麦克风。

当他扶了扶眼镜，擦了擦额头，又喝了一口水后，现场全都安

---

① 特卡特（Tecate），一种墨西哥啤酒。

② 科里多斯（corridos），结合了叙事诗歌的民谣，是墨西哥北部的一种音乐形式，其主题往往与墨西哥毒贩有关。

静下来了。

"献给我的朋友冯，"他说道，开始唱约翰·丹佛。要是你以前不清楚的话，现在你就知道了：从台湾乡下来的老家伙们喜欢他们的卡拉 OK，每当他们出于某种原因唱卡拉 OK 时，他们就爱约翰·丹佛，没有谁比得上。

也许这就是广阔的高速公路的梦想。西方的浪漫神话。提醒你这些奇怪的小个子东方人成为美国人的时间实际上比你要长。清楚一些你还没有弄明白的关于这个国家的事情。如果你不相信这一点，可以在繁忙的夜晚去你们当地的卡拉 OK 酒吧。一直等到第三个钟头，等随身携带大头试镜照的醉醺醺的大学联谊会男学生和美食酒吧女服务生唱完了后街男孩和艾丽西亚·凯斯（Alicia Keys），找到那个安静地站在队伍里、等着轮到他的年纪稍长的亚洲生意人，他的脸因为皇冠淡啤还是日本淡啤而烫得像抹了胭脂，等他走上前，声情并茂地唱起《乡村路带我回家》时，尽量不要去笑话他，不要存心去眨眼睛，也不要用力过头地鼓掌，因为等他唱到"西弗吉尼亚，山川之母"的时候，你就会跟着唱起来。等到他唱完的那一刻，你也许会理解为何一个七十七岁、来自台湾海峡一座小岛的老人，一生的三分之二时间都在异国他乡度过，却能把一首想要回家的歌曲唱得漂漂亮亮，分毫不差。

《黑与白》
制片摘要

化妆

贴双眼皮贴的眼睑
浓墨重彩，强调肤色

布景设计

檐头翘角
连绵的屋顶
注意飞檐！
东方的繁华和调性
细节就是一切

内景　金宫中国饭店—夜晚

死去的亚洲男人，还是死去的样子。不可能重案组正在调查这个案子。

格林

我们还是机敏一点吧。

特纳

我一直都很机敏。

格林看了他一眼。然后她顿住了。她举起一根手指，示意特纳别出声。

格林

等一下。

（听到某种声音）

你听到了吗？看——

特纳转过身，去看格林在看谁：一个亚洲老头，70岁左右（不过，老实说，要是你说的是48岁到88岁之间，我们也会相信你——很难讲清楚亚洲人。如果说黑人老而不皱，那么黄种人就是那种熟而不腻）。

亚洲老头有一种笔直的风姿，尽管他的身体整个儿都很柔软，但在他的体态和动作的精确里却有一种后天习得的纪律之感，这意味着某种对于他的身体和周遭环境的深刻认识，经由毕生的专注训练而获得。

格林看了一眼特纳，他现在看起来不那么自信了。

特纳

继续吧。你先说。

格林

真的？为什么？

特纳

他可能会害怕我。很多亚洲老人都有严重的种
族偏见。

（避开她的眼神）

抱歉。是真的。

格林走向亚洲老头。

格林

你好，先生。

（飞快地亮了一下徽章）

有时间吗？我们想问你几个问题。

特纳的一只手搭在他的武器上。格林看着特纳，好像在说，拜
托啊伙计。当真吗？

特纳看着格林像是说，什么？

格林看着特纳像是说，枪？

格林转了一下眼珠子像是说，好吧。

他不情愿地退了下去。他咬了咬牙关。他这么做的时候，看起来够
酷。人们喜欢他那种紧咬牙关的样子，所以特纳常常会狠狠地咬一下。

特纳

那个死去的中国人。你认识他吗？

亚洲老头没有回答，他带有东方特征的异域相貌，加上他因儒家世界观而形成的压抑的条件反射，让他那张脸变成了一个毫无表情的面具。陌生的、莫测的，即使在这些西方警探训练有素的眼睛里也是如此，顶着名头的"黑与白"搞不清楚这个奇怪的小个子黄种人是怎么回事，费劲地想要弄明白他内心的想法。

特纳（继续）

嗨。你。我在和你说话。

特纳扮演强硬的角色，所以格林机灵地反其道而行之。她温柔起来，她的身体语言，她的语气。灯光移动，紧紧地跟着格林，她的脸在画面中心，漂亮的镜头。她的头发闪着微光。

格林

（善解人意地、真心实意地）

我搭档想问的是，你和死者有什么关系吗？

特纳退下去了。他又一次咬了咬牙关，显得恼怒。性感，非常性感的恼怒。

亚洲老头低头看着自己的脚下。特纳换了换身体的重心，焦躁不安。

格林（继续）

先生？

特纳

（对格林说）

我觉得他听不懂你说话。

特纳转向亚洲老头，微微弯下腰。

特纳（继续）

（声音略有点大）

你听得懂她说话吗？

格林

先生？你听得懂吗？

（对特纳说）

我们需要一位翻译。

特纳

他知道些什么。

格林

就算他能听懂我们的话，我也没把握他会说出来。

特纳

也许在下城区兜上一圈后①，他会变得更健谈些。

---

① 警局在下城区。

特纳取出他的手铐。

看着亚洲老头
就在那里
无所事事
只能默默忍耐。
只为给黑与白
一些缘由
去做出反应。

你在背景中
如此之深，你都
要跑出画面了。
剧本没有
给你任何可说的
台词，你唯一的
动作是打扫
地面。看着你的
父亲被询问
就像那样。正是
他的反应
打破了某种
你内心的东西。或说是
他的毫无反应。
这就是他，是
亚洲老头。

仅此而已。他
逆来顺受地对待
角色。你必须去
做点什么。你迈步
进入中心。

格林转过身看着你。特纳拔出了他的枪。

特纳

把手放在我们能看到的地方。

格林

（对特纳说）

你能不能别拿出枪来?

特纳缓慢地放下了他的枪。格林走上前,逼近你的脸,你可以
闻到她昂贵的香水味,看到她的骨架有多么秀美。

她直视着你的眼睛。

格林

你是谁?

（语速慢,声音略大）

先生,请出示你的身份。

普通的亚洲男人

我谁都不是。不过我或许能帮到你们。

格林和特纳对视了一眼。

格林

（对你说）

失陪一下。

他们去一边商量。

特纳

我们可以信任他吗?

格林

我不认为我们有选择。我们需要有人帮我们对付这个地方。

（接下去）

唐人街是另一个世界。

特纳

莎拉。

格林

什么?

特纳

你知道我是辅修东亚研究的——

格林

在耶鲁。是的，我知道，迈尔斯。

听着，你能点个点心①，这很酷。不过恕我直言，一学期的广东话没什么用。这是一个密不透风的社群。他们会抱成一团，护着自己人。

（接下去）

如果我们想要真相，我们需要里面有人。

格林转过身看着你。这是她的招牌动作，对丁她所关注的对象的一个锐利的、洞察的凝视。这是她成为警队最出色的警察的原因。她一眼洞穿事物本质的能力。让嫌疑人无地自容，让证人有勇气说出真相。此外，她的肤色如此均匀。就好像她根本没有毛孔。

格林

（转向你）

你英语说得很好。

普通的亚洲男人

谢谢你。

特纳

真不赖。几乎没有口音。

该死。对啊。你忘了加上口音了。

---

① 点心（dim sum），原文为广东话拼音。

特纳

那么你到底能不能帮我们？

普通的亚洲男人

（带一点口音）

你需要我——当警察吗？

格林

我们需要你的帮忙。

（接下去）

受害者的兄弟，他的大哥，失踪不见了。

你的机会来了。

你转向格林和特纳。你说出你的台词，没忘记加上口音。

普通的亚洲男人

行。我帮你们。

东方的音乐响起，我们随之

切入黑暗

……由来自派拉蒙影视基地的一位建筑师、一位布景设计师和一位施工主管共同建造。它的特色是为游客提供人力车，还有无数的古玩摊子，并雇用了穿戏服的中国小贩。

——徐班妮

少数族裔常规角色

上午，你出演警探片。

下午，你出演警探片。

你拿到了你的信封。

扮演一个普通的亚洲男人有九十块钱。

你练习功夫。你保持身材。你为你下一个角色做准备。

慢慢地，你步入正轨。

普通的亚洲男人丙。

普通的亚洲男人乙。

你练习你将要说的台词。

"我这么做是为了我家人的名声，警官。"

"我让我的家人蒙羞，现在我必须付出代价。"

"没有面子，我一无所有。"

"在我们的文化中，名声意味着一切。你……不会理解的。"

你步入正轨。**普通的亚洲男人甲。**你练习台词。你练习功夫。你保持身材。你出演警探片。现在你已经很接近了。近到可以想象另一种生活。

内景　没有标志的警车

星期一上午。新的一周。黑人和白人坐在前面，你在后面。特别的客串明星。

特纳

让我们回顾一下。

格林

你没必要扯这个吧。

特纳

没必要扯什么？

格林

"让我们回顾一下。"

特纳

回顾十分重要。人们喜欢尽在掌握。

格林

我不是指回顾不重要。我是说你没必要说"让
我们回顾一下"。

特纳

那我该说什么？

格林

什么都别说。

特纳

（对你说）

你能相信吗？

不，你这么想。你简直不敢相信。他们这会儿有多欢快。他们毫不在乎。一个亚洲人死了，他们两个却在打情骂俏。当你知道明天总会有更多的时候，你很容易挥霍你的台词。然后是接下去的一天，然后是再接下去的一天。

格林

好吧。回顾一下：

死去的亚洲人死了。

特纳

可能和帮派有关。

特别客串明星

（那是你！）

不。他绝不会犯罪。

格林

那就是某种荣誉谋杀。

特纳

这在唐人街很常见。

特别客串明星

不是这些。这些听起来都不像他。不可能。

特纳

何以见得？就凭你这么说？

特别客串明星

如果你们不需要我的帮忙，那我回饭店去了。

特纳

对啊，你为什么不回去呢？等你回到那里，帮我买一份午市特价套餐。就五号套餐，牛肉西兰花。

格林

迈尔斯！搞什么啊。

（对你说）

我很抱歉。

特纳看起来很受打击。或许还有一点尴尬。有白人站在你这边感觉真不赖。

特纳

（对你说）

我不知道我为什么这么说，伙计。我确实不是那种人。

你停下来，思考这一切。格林让你回过神来。

格林

巡警正在搜寻这片区域的目击证人。

特纳

所有这些目击者。

一定有人看到了什么。

格林

（对你说）

他有什么仇人吗？和他有过节的人？

特别客串明星

不可能。

格林给了特纳一个意味深长的眼神。

特纳

你是在给我一个意味深长的眼神吗？

格林

这是我的调调啊。我的招牌是这个表情。

特纳

你应当考虑换一种调调了。

格林

看看是谁在说话。

特纳

这是什么意思?

格林

(诱引的)

我是迈尔斯·特纳,我的下巴强健又性感。

特别客串明星

我们能专注在这件事上吗?死去的亚洲男人还
尸骨未寒。现在师兄又失踪了。

啊哦。他们全都转过身看着你。

特纳

师兄?你认识他?

特别客串明星

每个人都认识他。每个人都仰慕他。他是第一
名。从没有人能打败他。

格林看了一眼特纳。特纳看了一眼格林。他们又一起看着你。
你看着他们。格林回头看特纳。特纳回头看你。

特别客串明星

怎么了？

特纳

什么怎么了？

特别客串明星

你们为什么一直看来看去的？

格林

你说从没有人能打败师兄。

特别客串明星

是啊。所以呢？

特纳

我觉得听起来像是个可能的动机。

特别客串明星

什么动机？

格林

如果有人打算干掉他——

特纳

突然有一个契机。一个机会。

特别客串明星

会是谁？

格林

唐人街里所有其他的亚洲男人。

有魅力的警员

（走上前来）

还没有查到地址。

格林

那你们查到了什么？

有魅力的警员

（递给她一张纸条）

已知最后一次接触的人是吴明晨。

格林看了一下名字，又看着你。

格林

吴。有什么关系吗？

特别客串明星

我们并不都是亲戚。

特纳

不要对我们撒谎。你认识他吗?

特别客串明星

好吧,是的,这回碰巧我认得他。不过我还是
保留我的说法。

特纳

闭嘴吧,带我们去找他。

就在那时,又传来了一声锣鸣。你环顾四周,却搞不清是从哪里传来的。

内景　金宫饭店—饭店的前面

你走进饭店,落后于黑人和白人一步,你的眼睛还在适应暗沉沉的光线。轻柔的音乐响起。有魅力的临时演员小口地吃着牛肉炒粉。你四处张望,没有看到一个你认识的人。格林和特纳看着你。你朝厨房走去。

特别客串明星

在后面。

内景　金宫饭店—厨房

当你推开那扇弹簧门时，一股油腻味抢先扑面而来，紧接着是七种不同方言的粗口。所有干活的人都转过身来看。你的朋友和邻居，对手和功夫同门，扮成预备厨子和洗碗工，看向你的眼神又嫉妒又自豪。这是你梦寐以求的时刻。回到这里，不是作为他们中的一员，而是作为一个明星。好吧，还不算是明星。但却是一个正在冉冉上升的人物。一个开始有台词的亚洲男人。

亚洲老头在角落里。你飞快地走向他，在格林和特纳跟上来之前和他私底下谈一谈。

"爸。"你压着嗓子说道。他穿了一件沾了污渍的汗衫，头发往后捋，塞在一次性白色厨师帽边缘的底下，正在忙活油炸锅。就好像这是世界上再自然不过的事情。就好像这半个世纪以来他光忙活这个了。就好像他从来不是龙的传人，就在不久之前，也不曾在唐人街的街道上、屋顶上有过一场史诗般的打斗。现在这些都不重要了。这些都算不得最终的成绩。现在他是这样的：一个被困在临时演员身体里的主角。他看着很累。他确实很累。他在这个地方度过了数十年的光阴，就在唐人街里面，做了他能找到的所有工作。黑帮，厨子，莫测的、神秘的、虚妄的东方人。

现在他给困在了这幢房子的后面，念着需要配上字幕的台词。为某件事工作了成千上万个小时，然后在一瞬间，工作不见了。从功夫大师到煎炸厨子，世界上最轻而易举的转换。换服装，换发型，忘掉一份职业。一生都被重构了。一种已经刻入他骨髓的遗忘，一团笼罩了这整个地方的遗忘的迷雾。

Keng-chhat u bun-te[①]，你说，把嗓音压得很低，或许都支离

---

① Keng-chhat u bun-te，闽南话拼音，意为"警察有问题"。

破碎了，但他知道你的意思，能够破译你笨拙的发音。警察有问题。你没用普通话说，而是台湾话^①。这是家庭的语言，这是内部的语言。秘密的暗号。

他以最微不可察的眨眼确认了这一点。

厨房的工作人员打了掩护，阻挡了黑人和白人，只给了你和你爸额外的一点时间。他说了一些话，你不是特别明白。你听见了，抓住了其中大部分的单词，然而不知何故——你不能理解。这种隔阂，始终在那里。不知为何难以跨越，无论它是横过宽广的太平洋海湾的语言和文化，还是只是一句简单的句子，父亲对儿子来说，永远有距离。日常的行为，简单的动作和手势，其意义比看起来的要艰涩。你这辈子最羞愧的就是不会说他的语言，不是真的会，不是很流利。

"你吃过了吗，爸爸？"

"吃了吃了。你还好吗，威利斯？"

"怎么了？"

他飞快地瞟了一眼格林和特纳。

"我现在和他们一起工作。应当蛮不错的。"

"为你高兴。"他说道。他看起来有点不相信。有点担忧。

特纳和格林推开了所有的中国人，终于来到了你们面前。他们看起来很是狐疑。

格林

你刚才在和他说什么？

---

① 即闽南话。全书同。

特别客串明星

没什么。我什么都没有说。

特纳

看起来不像什么都没说。

特别客串明星

好吧，好吧。我刚才在问老头是不是知道些
什么。

    亚洲老头看着你，随着一个又一个带口音的词蹦出，他的脸上闪现出失望的神色。你扮演这个角色，像外国人一样说话。这个儿子在这里出生，在这里长大，为了什么对他自己的父亲来说只是个陌生人。就为了这个。所以他成了这里的一部分，一部美国影片的一部分，关于黑人和白人的，没有黄种人的份儿。这个儿子的每一门功课都是优等，包括英语，现在却以普通的亚洲男人的身份来谋生。

    "我本希望你能更好。"他说道。

    "爸爸。"你张口，但不知道说什么好。

    "什么都别说？已经没什么好说的了。"

    "妈妈很早以前说起过这个。你——爸，你还好吗？"

    他低下了头。他不是很好。

    特纳打破了沉默。

特纳

这是怎么回事？说实话。

他是什么意思？你的爸爸——他真实的摸爬滚打。这是你唯一
仅有的了。你能相信他不会从你身边夺走吗？那对特纳和格林来说似
乎太多了，比你想象的要多。不过这太冒险。你过于用力，想要向他
们展示一些他们无法理解的东西。你需要振作起来。你现在不能被解
雇。你给自己的脸戴上面具——眼中无神。不像一个人。反正不是真
正的人。像一种类型。普通的。这是一种保护。让你自己隐身于这套
戏服里，这个角色里。你把口音加得再重一点，你把语法搞得更乱
七八糟一点。

特别客串明星

我刚才正和他解释过师兄现在失踪了[①]。回答
你们所有的询问就可以帮到这个案子的侦破。

特纳见你回到了剧本中，也重新进入他自己的角色。

特纳

他打算帮忙吗？

特别客串明星

他说他会尽全力帮忙。

（接下去）

你知道，他曾经是个人物。一个导师。功夫。

特纳打量了一番亚洲老头。

---

① 作者故意使用错误的语法。

特纳

啊哈，所以这就是他啊？那位大师？

特别客串明星

是的。他是我的老师。教过唐人街的每一个人。他年轻的时候，神乎其神。他能给你开开眼界。

特纳

给我开开眼界？

（大笑）

好吧。

特别客串明星

你有肌肉，是的，不过在这里，在骨子里，你是软绵绵的。我能看到这点。你动作不快，慢得像一只乌龟。

特纳

我来给你看看我是怎么动作的，你这个小——

格林把特纳拉到一边，听不见说话的距离。或者说他们是这么以为的。

格林

消消火。

特纳

为什么？他挑起这一切的。

格林

对啊，或许是他挑起的。但我们需要他，如果
我们想在唐人街有所作为的话。请——对那个
亚洲佬好一点，行吗？

这就是了。两个单词：亚洲佬。即使是此刻，一个特别客串明星，即使在这里，在你自己的街坊邻里。两个单词定义了你，扁平化了你，困住了你，把你留在此地。你的身份。你的一切。你最明显的特征，令你所有其他的特质黯然失色，也让所有其他的特点都变得无足轻重。对于完整地定义你的身份，这两个单词既必要又充分：亚洲。佬。

特别客串明星

你们要知道，我能听见你们说的每句话。我就
是这么个人，嗯？亚洲佬。

格林似乎有点窘迫。

格林

我不是这个意思——

特别客串明星

你当然不是。

特纳

还有比这个更糟糕的称呼。

特别客串明星

是吗?

特纳

是呀。

（接下去）

话说回来，不正是你出演了这个角色吗? 你想
要知道真相? 这都是你自找的。

特别客串明星

这是我选择的吗?

特纳

不是。但你还是接受了。看看我们的境地吧。
看看你把自己变成了什么样子。在体系内拼出
一条路并不意味着你打败了体系。这让体系更
牢靠。而这也正是体系所依赖的。

特别客串明星

你是体系的一部分。你的脸在海报上。你的名
字在剧名里。

特纳

我吗？剧名里有迈尔斯·特纳？不，并没有。

剧名里写着：黑人。

（接下去）

我不是一个人。我是一个种群。让我出演主角并不会使我更像一个人。如果有什么不同，那就是更不像了。它禁锢了我。你知道我是从哪里开始的吗？你知道我付出了什么代价吗？你不能来到这里才不过五分钟，就说你得到这个角色有多么艰难。如果你不喜欢这儿，回中国去吧。

你双掌前推，击中特纳的胸部。他踉跄着后退，但还是稳住了。哇哦，他的胸肌硬得像混凝土。浑圆，光滑，胸肌形状的混凝土板。

特纳站起来，挑衅地站在你面前。他比你高四英寸①，比你重四十磅②，浑身肌肉。

不过你的功夫很扎实，每一天都在进步，有那么一瞬间，你在想，师兄会怎么做？你想知道：你能打败他吗？

他咬紧牙关，举起双拳，就好像他准备出拳。你进入了一个无懈可击的战斗的姿态。你的左脚刺得发麻，随时准备起动。就在眼睛里，你记得你受到的训练。就在半秒钟的时间里，你看到特纳的眼睛里有一丝迟疑。

格林

---

① 约十厘米。

② 约十八千克。

好了，住手吧。

特别客串明星

没错。听你搭档的，迈尔斯。

特纳

你就是喜欢这样，对吗？格林为你挺身而出。有白人站在你这边感觉很好，不是吗？得到她的赞同。

特别客串明星

你说我是模范少数族裔①？

特纳

是你说的，我可没说过。你不明白吗？这就是它运作的方式。我们在互相争斗。我和你一样不想这么做。而格林会成为那个更得势的人。你为什么要在意她是怎么想的呢？你都听到了，你对她来说不过是：亚洲佬。

格林

感觉好点了吗？更威风了？但愿你们能完全地摆脱你们的体系，这样我们就能回去工作了。

---

① 模范少数族裔（model minority），由于"工作努力、家庭稳定、重视教育"等原因，亚裔被称为"模范少数族裔"。这一带有刻板印象的标签加深了人们对亚裔的误会，加剧了少数族裔之间的冲突，也使得亚裔面对了巨大的不公正。

格林转向亚洲老头，看着这一幕。不确定该怎么对待他。他不是威胁，不是对手，不是下属也不是上级。绝对不是一个潜在的爱慕对象，不，不，算了吧，他是一个亚洲老头——现在你知道了，她是怎么看待他的。还有你。还有你们所有人。她弯下腰，低了那么几英寸，和他说话。

格林（继续）

你好，先生。谢谢你的帮忙。

和他说话的声音比平时响一点，比响一点要再响一点，几乎是半喊半叫，就好像他耳朵不好使，同时也在比画那些个意思。你知道人们有时候对亚洲老人比画的那种东西。那种敷衍了事的手语，它根本不是手语，只是胡编乱造的手势，就好像除此以外亚洲老人不能理解你说的任何东西。就好像需要穷尽这全部的努力才能进入这另外的意识。就好像他是外星人。

特纳

（对亚洲老头说）

师兄。你最后一次见到他是什么时候？

亚洲老头看着你，仿佛在问你："这就是你想要的吗？是要我回答的吗？"你点了头。他犹豫了一下，然后回答了。

亚洲老头

很长时间。相当久了。

格林

几个礼拜？

亚洲老头

要长得多。六个月，大概吧。

（接下去）

我们吵了一架。

特纳

是为了什么吵架？

亚洲老头

还能是什么。钱。

格林

就是说，他想借钱？

亚洲老头

（摇头）

不是借钱。是给钱。他想给我钱。但我不想要。

格林和特纳对视了一眼，然后看向你。

格林

师兄出现了，想要送钱。

特纳

洗钱？

格林

可能是。不管怎么说，听起来像是他突然发了
笔横财。

特纳

我们追踪钱——

格林

我们找到我们要找的人。

这会儿他们正互相凝视，在这眼神的最后交流中，不知何故他
们的脸靠得很近。他们会接吻吗？那会很奇怪。不过看起来他们就要
接吻了。他们就应该吻上去。不过话说回来，他们又不该，因为一旦
他们这么做了，那就——再没有人会在意了。窍门是他们从来没有吻
上去。他们的脸靠得极近，他们热情迸发，他们凝望对方，但他们从
不接吻。特纳最终移开了眼神，看向你。

特纳

（对你说）

那么它在哪里呢？唐人街的钱放在哪里？

格林

这很重要。如果你知道什么，一定要告诉我们。

你这么做，对吗？总感觉这有点不对劲。

不过这是《黑与白》。他们让你扮演一个角色。这会儿你不能停下来。

你看了一眼你爸爸。他移开了视线，在那一刻你知道他很失望。不过他永远不会说出来。你们也永远不会再提起它。他离开了，沦落成亚洲老头。他不会替你做出选择。这是你要扮演的角色。

特别客串明星

可以吧。

特纳

可以吗？

特别客串明星

我带你们去那里。我带你们去唐人街内部。

内景　唐人街赌场

蔡肥仔在看门。你们对击了一下手掌，来了一个男人之间的单臂拥抱。

"恭喜啊，伙计。"他低声说道。特纳打量了他一眼，咄咄逼人地站在他面前。

特纳

（粗暴地）

我们要见你的老板。

蔡肥仔的表情变了。前一秒他还是你来自单间廉租公寓的兄弟，下一秒他不见了，变成了**底层的东方人**。

底层的东方人

抱歉。私人俱乐部。外人不得入内。

特纳

我给你找了一家私人俱乐部。就在下城区的警局。我会订个房间，顺便送你一程——

底层的东方人

这里是做生意的地方——

格林

错了。这里做的是非法的赌博经营。

底层的东方人

我对赌博一无所知。我只是一个保安。你不能
因为我只是做了分内的工作而逮捕我。

特纳

那我就用上个礼拜的故意伤害罪逮捕你如何?
或者是公共场合醉酒和多次拒捕?听起来怎么
样,姓蔡的?是啊,我们知道你是谁。

蔡肥仔让开时,特纳看起来扬扬得意。当你擦身而过时,他低
声嘟囔着什么。

"威利斯。"他说道。

"嗯。"

"但愿你清楚自己在做什么。"

"我也是。"

你穿过烟雾腾腾的房间,到处都是扑克筹码被堆叠、被重洗、
被抛起的轻轻的咔哒声。**风流的亚洲女人**穿着高开叉的裙子,为身穿
白 T 恤和休闲裤的**不正经的亚洲男人**端上啤酒和威士忌。每一个人,
男的和女的,年轻的和年长的,看起来都很危险,像是他们会因为作
弊而砍了你,会因为赢钱而砍了你,或者仅仅因为你看过来的眼神不
对而砍了你。起码在外人看来他们就像是这个样子。但你了解这些傻
家伙,你和他们中的大部分人一起长大,一起玩任天堂,一起从第九
大道的杂货店后头冰箱的冷酒器里偷偷地喝几口酒。这个房间里的平
均绩点多半在 3.7 分 [①] 以上,现在看看他们吧,装出不好惹的样子,

---

① 满分为 4 分。

他们做得非常出色，他们确实出色。他们全都是优等生，是努力奋斗的移民，还在期待着他们的镜头。

高高在上的是这个地方的主人，他在二楼的办公室看着这一张张赌桌，一只眼睛瞄着顾客，另一只眼睛盯着他的员工。

特纳看了一眼格林，朝楼梯走去。格林表现得很冷静，在你们上楼梯的时候，她的手不动声色地滑向了腰带上的那一块。特纳示意你先进去，他们两个跟在你的后面。

内景　赌场—老板办公室—继续

你们登上最高一级楼梯，门打开了。**本集大恶棍**走了出来。是小冯。他的眼睛红肿着，他的父亲走了甚至还没有三天，他就在这里了，回来工作。

"嗨。"你小声说道，试图想出一句妥帖的话。一句客气话。不过他单刀直入。非常在行。这一刻他不是冯。他是**唐人街小老板**。小地方的中等人物。摆在前面的那个家伙。半当中的障碍。把你引到第三幕里的第二幕的反派。不错的戏份，尽管冯已经开始角色定型了。他是多么儒雅，他们就喜欢突出这一点，喜欢他温和的面孔、单薄的身材和略微苍白的肤色，让他和特纳完全相反，与男子汉气概完全相反，让这一亚洲人的表型在西方人的眼中有那么一点与生俱来的吓人。

小老板

探长们。

（装腔作势，字正腔圆）

是哪一股邪风把您给吹来了？[①]

特纳径直闯进办公室。

特纳

别扯淡了。这不是来上门寒暄。

小老板

噢。太可惜了。唐人街为勇于冒险的游客提供
了许多东西。

（对特纳说）

那些想要品尝它的异国风情的人。

冯俯视着赌场里那数十个风流的亚洲女人，像是在说，去吧，
去选一个。特纳咳嗽了一声，很不自在，调整了一下。冯站起来，慷
慨地给自己倒了一杯两指深的昂贵的苏格兰威士忌。

小老板

我确信我们能找到你们感兴趣的东西。

（看着格林）

无论你们喜欢的是哪一款，我们都会满足你们。

冯摁了一下桌子下面的一个按钮，片刻之后一个女人走进了办

---

① 此处借用了一句习语，把"To what do I owe the pleasure？"（是哪一股风把您给
吹来了？）里的最后一个单词换成了 pressure。

公室。不仅仅是一个女人。你不知道——你不知道该怎么，嗯，怎么说，或者怎么做。你的手不知道该怎么摆。你的脸不知道该转向哪里。你呆住了，一个痴迷的男学生。你是个白痴。哇哦。

她看着你，你也看着她，她还是看着你，而你想不明白她为什么一直看着你，直到你意识到你在凝视着她。她是——怎么回事？你想不明白。

"我认识你吗？"你轻声说道，但她要么没有听见，要么就忽略了这个问题。

特纳

废话够多了。我们在找人。

小老板

你们有搜查令吗？有正当的理由吗？

格林

我们有他。

她指着你。停顿一拍。静场。每个人都看着你。

小老板

哦，是吗？他究竟是谁啊？

格林

他和我们一起工作。不可能重案组。

特纳看着格林，像是说：怎么回事？她却看着你。你拼命让自己不要脸红，可是你的腿软得不行，脖子后面的皮肤像起了鸡皮疙瘩。

格林

（对你说）

说你呢，伙计。该你了。

你清了清嗓子，尽力让你听起来知道自己在做什么。

特别客串明星

师兄失踪了。

你的嗓子有点嘶哑。特纳轻轻地笑了。

小老板

我听说了。

格林

我们知道他和他父亲吵了一架。他最近搞到一笔钱。似乎他正在找个安全的地方安置这笔钱。

小老板

你们认为我和这件事有关系？

特纳

（朝着赌场点了点头）

看起来是个很不错的选择。

小老板

是啊。你是对的。确实如此。不过，要是你们
对师兄有所了解，你们就会知道这想法有多
离谱。

　　（看着你）

你为什么不告诉他们这有多离谱？

你尽可能摆出一副扑克脸，但你不擅长扑克脸。格林看你的脸
就知道了。

格林

他是什么意思？

特别客串明星

师兄不在乎钱。根本不在乎。

小老板

认识他的人都知道这一点。他有一个计划，但
那和钱没有关系。

特纳的耳朵竖了起来。

特纳

什么样的计划？你最好说清楚，否则——

小老板

否则什么？我为什么都要告诉你？

格林

这幢楼里有足够多违反联邦和州法的罪行，可
以把你关上好一阵子。

（接下去）

除非，当然喽，你知道什么能帮到我们的消
息。一些能够让我们轻松破局的消息。

小老板

我要豁免权。

特纳

爱莫能助。你那些我们已掌握的罪行都不能。

小老板

我不是在讨价还价。

特纳

我也不是。

特纳咬了咬牙关。你一时分不清是想要给他脸上来一记重拳，
还是给一通爱抚。

格林

我们会给地区检察官办公室打招呼。为你争取
他们能给出的最好的交易。

特纳

你说不准可以出来，还能看到你的孩子们大学
毕业。

小老板

交易，嗯？我是个生意人，探长们，我了解什
么是交易。这是一笔狗屎交易。

冯发出了一个信号。从楼下传来瓶子砸在双骰子赌桌上的声音。有人把轮盘赌的轮盘从底座上拔了出来，把它像实心橡木飞盘一样扔向房间的另外一边。它撞碎了吧台，龙舌兰酒、科罗娜啤酒和红葡萄酒洒得到处都是。桌子翻来倒去，筹码飞来飞去，功夫遍地开花。枪声响起，人们匍匐着寻求掩护。特纳和格林掏出了枪，矮身朝着窗户跑去，试图查看情况。一片混乱中，冯从一个秘密出口闪身逃走，留下了他神秘的美人。

"啊哦。"你说道。真是溜滑，蠢货。天生的动作英雄。

"趴下。"她说道，但剧本里没有这句话，你就站在那里，一动不动，不知道应该怎么办。她扑过来，就在你身后的玻璃被枪子儿扫射得炸裂开的瞬间把你撞翻，你们两个人滚落在地，脸贴得很近。你很快就意识到她救了你的命。

"我是凯伦。"她说道。剧本里也没有这句话。

"威尔①，"你说道，"威利斯·吴。"

"很高兴认识你，威利斯·吴。"

一个跟班出现在门口。是蔡肥仔。你先于别人注意到他，就早片刻，然后是一气呵成的动作，你双腿弹起，一个前滚翻，前进了四分之三的距离，不是直直地，而是从九十度角扑向你对手的惯用手那一边，踢飞了他手里的枪，看着它滑过地板，停落在特纳的脚下。他转过身来，还没有从眼前的状况中反应过来。你喘了一口气。哇哦。你动作很快——比房间里的任何人都快。那可是一场师兄水准的打斗。你都不知道自己有这个能耐。就算师父也会对此印象深刻。

你把肥仔按在地上，膝盖抵在他的背上，铁钳般扭住了他的手腕。就像你是一个真的警察。

"唉哟，"他低声痛呼，"伙计，给我轻一点吧。"

抱歉，你说道，略微放松了一点。

"太酷了，威利斯。刚才那可真是英雄本色。你什么时候功夫变得这么厉害了？"

"我不清楚，"你说道，"我猜是我一直在练功。"

"别扯淡了，"他说道，"我知道是怎么回事。"

特别客串明星

大家都好吗？

格林爬了起来，掸掉玻璃。

---

① 威尔（Will），是威利斯（Willis）的昵称。

格林

干得漂亮。

特纳把枪收起来，看起来有点慌乱。

特纳

（对你说）

这不符合正当程序。

格林

行了，他救了你的命，迈尔斯。

特纳

妈的。冯去哪儿了？

格林发现了隐藏的门，把它滑开又合上。

格林

看这里。他跑了。

特纳给肥仔戴上手铐，对他不是很客气，猛地把他推到了椅子上。

特纳

说吧。你老板——他知道师兄的事情吗？他们
是不是一伙的？

你用胡诌的中文和蔡肥仔说话，他用自己瞎编的一套话假装配合地回答你，然后用真正的广东话说他屁都不会告诉你。你转向格林和特纳。

特别客串明星

他说他什么都不知道。

女人（画外音）

他撒谎。

你转向女人，惊讶不已。

格林

吴，这是**凯伦·李警探**。虽然看起来你们两个
已经认识了。

你转过身看着她，努力不让自己发昏。她的颧骨。她的耳垂。她的头发！她的头发应当出现在广告里。

凯伦·李和你握手，手劲跟铁钳似的，脸上闪过一丝微笑，这时你才意识到你以前在哪里见过她：她就是海报上的那个女人。悬停在黑人和白人的后面。

特别客串明星

多谢。

李

谢什么？

特别客串明星

呃，因为你救了我一命？

李

我知道。我只是想听你亲口说。你后来那腿法相当不错，威尔。我们或许可以用你这样一个家伙来做卧底。

特别客串明星

你是说，就像，一个全职的角色。像是——

李

功夫大佬？或许吧。一切皆有可能。

她看了看她的手，你还握着不放。你松了手。她微微笑，靠近你。她很好闻。

她对你耳语：让我来说。你点点头，搞不清楚为什么你要顺着她，哦对了，你很可能已经爱上她了，这就是原因。她转向格林。

李

他知道点东西。但他永远不会告密。

特纳

（点点头，咬牙关）

名声对这些人来说非常重要。

李

确实。还有，他们还会杀害他的家人。

格林

（对李说）

你查到了什么吗？

李

你是指在你们搞砸了我的调查，并且让罪犯逃脱之前吗？在这该死的一切发生之前我查到了什么？

格林

很抱歉事情变成了这样，凯伦。但我们会逮到他的。

特纳

冯这会儿可能已经在去香港的路上了。钱跑掉了。

李举起了一只爱马仕的包。

李

不。钱在这里。

特纳接过包，把它打开，翻倒过来。

特纳

空的。

李

不在包里。这个包就是钱。

格林

（拿起包）

冒牌货？

李

冯经营假冒奢侈品。唐人街头号出口商品。

格林

那么我们下一步该怎么办？

李

（对你说）

我打赌你知道他们在哪儿生产这些包。

特别客串明星

我知道？

李

你知道。

于是你明白了。这是通向下一个场景的桥梁,《黑与白》就是这样运作的，情节忙忙碌碌地从一条线索奔向另一条。你顺势而来，现在已经是故事的一部分了。就顺其自然吧，她会让你安全的。

特别客串明星

是的。我知道。

李

那么，我们还在等什么？走吧。

凯伦看着你像是说，你和我，我们一起在这里。她看你的样子让你的心融化了一点，然后你意识到了你的背是湿的，你有点疑惑：自己是不是真的在融化？你摸了摸你的衬衣，被那场打斗出的汗浸透了，只是都在右边，你看了一下你的手，发现手上满是鲜血，就像你脚下的地板一样。很多血。你的血。这时你的腿软了，你随之跌倒。

格林

不！

（对巡警说）

叫医生来——这个，嗯，亚洲男人中枪了。

特纳单膝跪地，蹲下身子和你说话。

特纳

你帮了我们的调查。

特别客串明星

这会儿对我好了？

格林

我不会忘记的。我们都不会忘记的。你给你的
家庭带来了荣耀。

特别客串明星

等等，怎么回事？

特纳

你要死了，伙计。

特别客串明星

什么？已经死了？你确定吗？

特纳

我很确定。

特别客串明星

我不明白。我怎么会死呢？我刚成功。

（对凯伦说）

我刚认识你。

李警探看起来很无奈，但并不意外。

李

我知道，威尔。我知道。我也不想它变成这
样，不过你知道这是怎么回事。你是一个亚洲
男人。有你在的时候，故事很精彩，但它结
束了。我希望我们能再次相遇。或许在别的
地方。

而你想：不。不会有别的地方。还会是这里，再一次，在唐人
街，又一年，同一个地方。在美国的黄种人。一个特别客串明星，永
远是客人。

淡入黑暗

在众多的假面和众多的角色之后，每一位表演者往往都有一种孤独的表情，一种未经修饰的、非社会化的表情，一种全神贯注的表情，一种私下应对困难而又危险的任务时的表情。

——欧文·戈夫曼

第四幕

打 拼 的 移 民

从你还是一个孩子的时候起，你就梦想成为功夫大佬。

你不是功夫大佬。

有那么一刻，你很接近了。但随后你死了。

死亡

当你死去的时候，真是糟透了。

死亡，第二部分

发生的第一件事就是你有四十五天不能工作了。

在咖啡和甜甜圈店里，你碰到了一张熟面孔。

"嗨，"你说道，"有魅力的警员。"

"非常特别的客串明星，"她说道，"我们又在这里了。"

"很意外在这里看见你。"你说。

"为什么你会意外？"

"这是《黑与白》，"你说道，"还以为你会有更多的戏份呢。"

"亚洲男人不是这里唯一的看不见的人，威利斯。看看周围吧。"

你明白她的意思。一群亚洲小伙和黑人女性正啃着熊爪甜甜圈，在一次性杯子里搅拌粉状奶精。

"总有一天，我们要演自己的角色，"她说道，"《黑与黄》。"

"你会演——什么呢？中央情报局前特工？"

"性感的超级模特。四个孩子的性感母亲，"她说道，"他们的爸爸照顾孩子。"

"那么我会是？"

"你想要什么都行，伙计。"她说。

"一个可以有梦想的人。"你说。

"为此干杯。"你们用小咖啡杯碰碰对方的，为了一件你们都知道永远不会发生的事情干杯。

死亡，第三部分

为什么是四十五天？这是必须的最短时间，刚好久到让每个人忘记你的存在。

因为尽管你们全都看起来很像，但如果你礼拜二被杀害，礼拜四就出现在街头场景的背景里，或者成了店堂伙计，还是有点奇怪。

谁知道他们是怎么计算这些东西的，但确实有人算出了最理想的时间长度。当然，对他们来说是最理想的，不是对你。这也不适合那些需要靠扮演**快递员**、**店堂伙计**或**神秘的充当背景的东方人**来维持生计的人。一点都不理想。这感觉就像是没完没了，无论你有多么需要钱，无论你的故事有多么如泣如诉，生病的宝宝，饥饿的孩子，妈妈需要她的药品，选角导演在强制冷却期里甚至都不接触你。对他们来说无关紧要。只要你死了，你就不存在。

　　有些人认为死去并不是世界上最糟糕的事情。因为如果你永远不死——如果你扮演同一个角色太久——你就会糊涂起来。忘记你究竟是谁。

　　你母亲以前总是死去。死亡发生的时候，你总是会知道，因为那些日子里她会去接你放学，她会把发卡从头发上取下来，这样头发就垂到了肩头。你总是觉得她看起来迷人极了，如果是那样的发型，如果工作中的妆容还在。你们会一起回到单间廉租公寓，你洗脸，洗脖子，洗手，换上睡衣，这个时候她会给你做一碗炒饭，加上蛋，加上一点腌黄瓜。你生命中最幸福的一些时光就是你母亲死去的时候，因为你知道这意味着她会在家里待上六个礼拜，每个下午你都会独自拥有她。你玩玩具，你看电视，她会坐在你身旁，一边练习英语，一边在从这个活人到那个活人的空当里等待她的时机，永远为她的下一个角色做好准备，不管这个角色多么小，就为了在某一天，成为某个人物，哪怕只是片刻须臾。

　　她死去的时候，她就成了你母亲。

内景　美国电影—1950 年代和 1960 年代

她曾经梦想成为更好的人。她刚出道的时候，**扮演年轻的亚洲女人**。她想象自己的生活，充满浪漫，魅力非凡。那种 1950 年代少数几个登上台北银幕的美国故事之一，她在一个下午，和父亲还有九个兄弟姐妹一起在电影院里，分享一瓶可乐。十个孩子里她排行第八，她会先喝上一大口，然后再给大一点的哥哥姐姐们喝，不过这一口就够她回味了。她蹲坐在椅子上，好看得更清楚，紧紧地抓着她父亲的手，看着那一张张完美的面孔，格雷丝·凯利，金·诺瓦克，娜塔利·伍德，她们明亮的白色肌肤在凉爽、黑暗的电影院里闪闪发光。

内景　电影版的她的人生—夜晚

她穿着酒红色旗袍，中式立领，短袖。金色绲边，从领子一直到裙底。衩开得高高的，每条腿都是。自动点唱机播放着纳京高①的曲子，烟从三三两两坐着的男人手里的烟头处袅袅升起，她从楼梯上走下时，所有人都回过头来。

这时她的搭档出场了，是亚洲老头，不过和她一样，他年轻，帅气。他看到了她，为她的美丽而倾倒。

帅气的亚洲男人

我一直在找你。

---

① 电影《花样年华》选用了纳京高（Nat King Cole）的三首曲子。

漂亮的亚洲舞女

是吗？现在你找到了我，你有什么要为自己说
的吗？

他张了张嘴，但一句话都没有说出来。

她满怀期待地等着他，但是他没有台词，他无话可说。没有舞台指导，没有动作台词，没有括号来提示他们内心的活动。他回头看了一下门，又看了看她，试图回想起来，但记忆已经溜走了。外面，另一边的世界。他们可以一起生活的，如果他们能找到一条出路的话。可以租一间房子，甚至，梦想中的梦想，拥有一间房子。找一份工作，换新的服装，拥有姓名，而不是**亚洲女人、亚洲男人**。

相反，他们留在了这里。在这间烟雾缭绕的房间里，她穿着裙子，他穿着西装。当我们把镜头往后拉，我们会看到这里是一座金色的宫殿，或者说以前是，曾经一度。这时色彩更加明快，音乐越发摇摆。现在这里是金宫中国饭店了。

内景　金宫中国饭店—夜晚

穿着旗袍的她依然光彩照人，不是从楼梯上走下来。相反，她尽责地站在迎宾位，在食客进门的时候欢迎致意。

他还是穿着西装，不过领带不见了，最上面的一粒纽扣解开了，露出被汗水浸湿的汗衫。因为在冷库里不断地弯下腰，因为搬了一袋又一袋 50 磅 [①] 重的米，因为清理了一桌又一桌的清蒸鱼、红烧肉和

---

① 约 22.68 千克。

酸辣汤的杯盘碗碟，他黑色休闲裤的膝盖处如今已经磨得很薄了。

打烊后，他磨磨蹭蹭地没走，等着看她会不会和他一起喝杯茶。

亚洲男人 / 侍者

你有名字吗？

漂亮的亚洲女迎宾 ①

不算有。没有。

亚洲男人 / 侍者

你为什么不给自己取一个名字呢？

漂亮的亚洲女迎宾

你能有一个名字吗？

亚洲男人 / 侍者

为什么不能呢？它可以只属于我们。你有没有
一个名字，是你喜欢的那种？比如电影里的？

她思考了片刻，然后决定了。

漂亮的亚洲女迎宾

多萝西。我就叫自己多萝西吧。你呢？我该怎

---

① "漂亮的亚洲女迎宾"和前文的"漂亮的亚洲舞女"，原文皆为"PRETTY ASIAN
HOSTESS"。

么称呼你呢?

亚洲男人 / 侍者

你可以叫我吴。吴明晨。

他们无话不谈，一起抽烟，一起喝一壶又一壶的乌龙茶，或者是她最爱的菊花茶，交换背景故事。

她来自故国一个穷苦家庭，他深有同感地笑了，我也是，我也是，他们俩都笑了——打拼的移民，这是他们能找到的唯一的工作。尽管如此，他们还是心怀感激。这是一个有固定套路的情节，是可以理解的。他们每个人的微不足道的、无名无姓的角色，一股社会或政治正确的暗流。从他们的视角难以看到全局，不过他们知道在他们身后是历史的背景，知道他们是一个声誉卓著的计划的一部分，涵括了宏大的美国叙事。所以他们竭尽全力，把这个小小的角色演到极致，只为了置身其中。

内景 多萝西的背景故事—医院—白天

1969 年，她是护工，一个住在阿拉巴马州的黄种姑娘。那个时候的标准是每小时一美元七十五美分，后来增加了二十五美分，平均挣两块钱，要给年老的病人做海绵擦浴，要躲开窥视和不安分的手。嗨过来呀，嗨你这个中国美人儿，你皮肤细腻如瓷，你眼睛像杏仁，让我看一眼你那纤细的大腿吧，然后当这些勾引被礼貌而又坚决地拒绝时，迅速变成了恼羞成怒，变成了理直气壮的愤慨。变成了：我觉得我的便盆需要倒一下了。变成了压低嗓门的恶意辱骂。

家是一个不怎么安全的避风港。她漂洋过海而来，进入姐姐和姐夫的家，一个客人（她这么想），她承担的家务和责任很快开始让她觉得更像是雇佣。她的姐姐**安杰拉**，或许是嫉妒妹妹的容貌。当她向安杰拉借毛衣时，安杰拉是有多么生气啊，而她的姐夫又是怎样看着她穿着安杰拉的毛衣，安杰拉又是怎样假装没有注意到的。从那一刻到这一刻就可以划清界限了，而不是三个月后，等她发现自己被赶了出来，给打发到俄亥俄州另一个姐姐那里去住时。安杰拉是怎样地为她打包行李，给她买了一张去亚克朗市（Akron）的单程巴士票的。

（几个月后，多萝西收到了一封信。是姐姐安杰拉寄来的。她好奇地打开了。里面是一张账单，逐条逐笔，列出了多萝西和她的姐姐住在一起的十二个星期的花销。十美分：每碗米饭。十五美分：淋浴超时费。二十美分：洗衣。账单中还包括了多萝西的巴士票价格。）

内景　灰狗巴士—美国乡村路—白天

多萝西乘坐巴士穿越数百英里的公路，或许对有些人来说平平无奇，但在她看来却是宏伟壮丽的。她心目中的乡村景象，就在这向往已久的国度里。全景式的风光，一望无际的景致，河流与湖泊，五色斑斓的天空。

这足以占据她的心神，让她不去想其他乘客的目光，不去想上厕所和进餐休息的卡车停靠站里的男人们的眼神。这也足以让她无视巴士上的味道，四个日日夜夜，在初夏的时节里，五十八个陌生人挤得满满当当。这是人的味道，她能搞得定。一路向北，到俄亥俄州去，她也搞得定，她的脑海中掠过地图，就像在电影里一样，她旅行的轨迹是一条虚线，清晰地在这片大陆的地图上缓缓移动。

她被安杰拉赶了出来，雪上加霜的是，多萝西发觉除了一本书以外，她的姐姐留下了所有的书（毫无疑问，是当作了所谓债务的抵押品）。现在多萝西唯一拥有的是一册汉密尔顿的《神话》。她从小就很喜欢的一本书，那个时候，她在本地图书馆的废书箱里发现了它，破破烂烂的平装本，因为损毁得不成样子，被所有的孩子都忽略了。它的封底上写着，在美国出版。她从这本书里学会了阅读这种外语，这本神话之书。她喜欢每一篇小小的章节，它们如此短小，却又自成一体，而且浑然融于一个更大的宇宙，里面有男神和女神、神灵、次要之神和主要之神，诸神和他们的侍从，他们的仆人，他们的敌人和谱系，他们相应的神力和弱点。他们鸡毛蒜皮的争吵，他们卑鄙无耻的行事，他们隐秘的风流韵事。每次打开这本书，她都期待翻开新的一页，一个新的神，一样小小的事物。她最喜欢微小之神，因为他们更容易掌握，更容易了解方方面面。她可以搜索并吸收其他人写过或者说过的关于这个微小之神的所有事情，这样她就成了这个神的权威。等到有一天她变成一个权威，一个凭自己本事的专家，她想，也许就可以在书里写下她自己的词条。从零开始创造一个微小之神。她还没有给它起好名字。

也许是乘车之神。海绵擦浴之神，或者地图之神，或者最低工资之神。移民之神。

内景　多萝西的将来

闪进。多年以后，这本书又出现了，就在世代相传的故事里，有关移民和同化。多萝西，会重新发现这本众神之书（由于喜爱和反复阅读而又破又烂，随时都可能散了架），会在他们那逼仄的一间房间的家里念给她的儿子听。看着他对每个单词都苦苦思索，他的脸上时而讶异，时而欢欣，因为准确地读出一个单词的发音，因为他自己去阅读的纯粹的可能而高兴不已。万物的第一次之神。他脸上的表情。

又过了几年，多萝西会接到一个电话。她的姐夫。你的姐姐需要帮助。她会回到阿拉巴马州，发现安杰拉坐在黑暗里，坐在一台电视机前，转到了似乎是十小时广告的频道。安杰拉穿着一条尿布，已经一天半没换过了。她的冰箱里没有食物，也没有办法去买。

多萝西会把她姐姐打理干净，抱她到床上，安排她的长期护理，安杰拉的丈夫用他们的储蓄来支付这笔费用。当钱都花光的时候，她的丈夫证明了他难以为继，多萝西最终会把安杰拉一起带回家。她会给她的姐姐擦洗、喂食一年，一年还差两天，直到安杰拉在一个凉爽的秋日早晨逝去。

内景　金宫中国饭店

吴明晨坐着，倾听。

多萝西

所以我最终来到了这里。

她意识到吴在盯着她看。或者说是凝视，更像是凝视。

多萝西

那么你呢？

吴回过神来，有点尴尬，试图故作镇静。

吴明晨

什么？噢，抱歉，我只是——我喜欢听你
说话。

多萝西强忍笑意。

多萝西

你的故事是什么样的？

吴明晨

我的故事？不，你不会想要听的。你想吗？

多萝西

是的，我要听。我真的想。

外景　吴明晨的背景故事

他比她大几岁，但他的人生轨迹截然不同。他出生于一部历史
时代剧中，给他的角色是被压迫的受难儿童。

历史新闻短片蒙太奇开始：

新闻播音员（旁白）

　　1947 年 2 月 28 日，执政的国民党，也叫 KMT^①，开始
了后来被称为"二·二八"的事件，一段暴力镇压反政府抗
议活动的时期。在接下来的几个星期里，数以万计的台湾
平民被杀害。据《纽约时报》报道：

　　"不分青红皂白的杀戮和抢掠。有一段时间，在街上看
到的每一个人都遭到了射杀，房屋被破门而入，住户被杀
害。据说在较为贫困的区段，街道上到处都是死尸。出现
了砍头和肢解尸体的情形，妇女被强奸。"

　　截至 3 月 4 日晚，台湾已实施戒严令。此后，民众起
义持续了数周，台湾平民控制了岛上的大部分地区。然而，
到月底，台湾省行政长官陈仪在 3 月 8 日登岛的大陆军队
的支持下，重新夺回了控制权。陈仪下令监禁或处决他指
认的主要组织者。他的手下处决了三千多人。

　　1949 年，当蒋介石和国民党最终被毛泽东彻底地赶
出大陆时，蒋和他的追随者逃到了台湾，在那里他们再次
强制实行了戒严令。这一时期始于 1949 年 5 月 19 日。到
1987 年夏天解除时，时隔三十八年零五十七天，是世界上
为时最长的戒严令。在这段被称为"白色恐怖"的时期里，

---

① 原文在前面的 Nationalist Party 后，在此标注了"国民党"的拼音 Kuomintang。

数以千计的台湾人被独裁政权殴打、杀害或失踪。

"二·二八"事件发生时，**小吴**七岁。他看着他的家人在他面前被枪杀。

他看着他的家和城镇被摧毁、被劫掠、被火烧。他看着男人，还有男孩，没比他大多少，起初试图抗争，后来试图活命。他看着他的父亲跑回着火的家。数到一百，他的父亲说。我会安然无恙地回到这里。

内景　金宫中国饭店

多萝西

（打断）

为什么？他为什么要这么做？

内景　吴明晨的背景故事

他和母亲还有年幼的兄弟姐妹们一起等着父亲出来，那会儿他们还是宝宝。他数到了一百。他停顿了一下，不知道是否应该往下数。

当他数到九十九时，他开始担心。数到一百二十一，他开始哭泣。数到一百八十九，在他确信父亲已经死去之时，他的父亲从这会儿已经完全烧黑了的小屋子的正面出现了，手里拿着一个盒子。

小吴不知道盒子里是什么，也没有问父亲。他猜他的母亲知道，因为她看着那个盒子，看着小吴的父亲，摇了摇头，像是在说，我不敢相信你会这么做，但同时也在说，我懂得你为什么会这么做。

不久后，吴会知道盒子里装的是什么：一张纸。家族地块的地契。这块土地在将来会很值钱。他的父亲冒着被火烧死的危险，是为了孩子们的幸福，为了过上更好的生活的机会。

但此时此刻，吴并不知道这一点。他所知道的就是这个盒子很值钱，因为他刚看到他的父亲为了它冲进了着火的房子。还看到了两个国民党的士兵，一名列兵和一名下士，他们等着吴的父亲跑出来，然后冷静地从背后射杀了他，子弹穿透了他的喉咙。那个盒子，连同地契一起，被那名下士漫不经心地拿了起来，两人扬长而去，留下吴的家人在那里，没有父亲，没有房子，没有将来。

内景　金宫中国饭店

多萝西把一只手放在吴的肩膀上。就停留在那里。

多萝西
你从不了解他。

吴明晨
不，不完全是。有一些印象，就几个片段。一遍又一遍重现的重要场景。我那时太小了。

（接下去）

但我是大儿子。我必须做点什么。

多萝西

你来到了这里。

吴抓住了多萝西的手，轻轻地握着。

内景　吴明晨的背景故事—去往美国的旅程

我们看到小吴，在前行，不断前行，迈步走向新世界。眼神明亮，充满希望。

身为台湾中部的一个年轻学生，他在教室里注视着一幅世界地图。

在地图上，它是一块宝石蓝，夹在加拿大（鲑鱼粉）和墨西哥（酸橙绿）之间。小吴向往着美国的空气。烧烤，棒球，在广播里的，在大街上的。

在他的梦想里，他在一个晴朗的礼拜一早晨抵达，轮船驶入港口，友善的陌生人挥手示意他和别的人一起上岸。

内景　吴明晨的背景故事—美国

实际上，小吴是在夜深人静的时候到达的。他排着队等着在一些文件上盖章，然后在一个区域继续等待，与似乎是来自世界上每一个国家的同样的家伙坐在一起。那里很冷，除了头顶上日光灯发出的滋滋声，也很安静。没有人在那里迎接他们。等到这里都结束了，他会登上一辆巴士，在接下来的四天都坐在巴士里，除了每天两次停下来吃饭和上洗手间。四天结束的时候，他会到达密西西比州，在夜深人静的时候走下巴士，走向一大群蚊子。

内景 吴明晨的背景故事—密西西比州—1965 年—白天

他和另外五个研究生住在一幢房子里，他们多数都来自别的地方。**中村**来自日本。**金**和**朴**来自韩国。**辛格**来自旁遮普地区，他是锡克教教徒。还有一个：**艾伦·陈**，同样来自中国台湾。小吴不知道他和艾伦是不是最早的两个在密西西比州生活的台湾人。

他会拿到一份微薄的助学金，在大学里教学生，开始研究生学习，在自己的专业领域里量上下求索。小吴分摊的房租是每月十四美元。这是在 1960 年代的密西西比州的大学城。他的研究生助学金是每月一百美元。他第一次看到支票的时候，他觉得是搞错了。并没有搞错。小吴，人生中头一次也是唯一一次，感到富有。

除了每月一百美元以外，他还收到二十五美元的住房津贴，每季度一次。有一个学期，他获得了最佳助教奖。班级里有一半的人喊他**中国男人**，但他们大多是很亲昵地这么称呼的。他是这个奖项不容置疑的候选人。他收到一张五十美元的支票和一张证书。他给证书镶了框，然后把支票寄回家，就像他处理几乎所有其他支票一样。总的来说，他干得不错，他负担得起一个月在饭店吃一次饭。起初他不喜欢吃汉堡包，不过他学会了不要蛋黄酱或番茄酱，把肉和小圆面包、生菜和西红柿分开吃。

有一天，他回到家，发现他的室友正在打开一罐猫粮。小吴甚至都不知道他们屋子里养了一只猫。他意识到他们没有猫，是他的朋友艾伦·陈自己要吃猫粮。

小吴拿走了艾伦的罐头，让他再也不要这样做了。艾伦指了指他刚从镇上市场里买来的一整袋猫粮。小吴说他们会找到一只猫来喂的。那天晚上，他带着艾伦去了一家小餐馆，给他买了一个汉堡包，从那以后，他每个礼拜都会在艾伦的桌子上，或者在他的研究生系科信箱里，留下几美元。他们一起找猫。最终艾伦找到了一只，有那么一段时间，把猫喂得很不错。

猫粮耗尽的时候，那只猫还是会来，于是他们就喂它剩饭剩菜。

小吴的五个室友都被人喊了绰号。他们拿这些绰号比来比去。**中国佬**，当然了，还有**越南佬、日本佬、东洋佬、朝鲜佬、阿拉伯佬**。有些绰号是特指的，而另外一些的语义和所指都相当泛泛。不过吴始终难以忘怀的是最早的称呼：中国男人，那个在某种程度上，看起来最没有恶意的外号，给人的感觉就是字面上的描述。中国。男人。然而，就在这种简明之中，就在这种普适之中，它包含了太多的东西。你就是这样的人。对我来说，对我们来说，永远是这样的人。不是我们中的一个。这个外来者。

而大多数室友都是研究生，男的，他们做男研究生会做的那些事，坐在桌子边上，抽烟，还凑钱买香烟。

小吴偶尔会从艾伦这里抽上一两口。他们抽烟，喝掺了水的啤酒和他们中有个人从教职工招待会上顺来的廉价威士忌。他们大笑，打牌，比较着他们被人喊的绰号，多数都是那些本科生喊的。教师们通常彬彬有礼，尽管大部分人明显很冷淡。有些人甚至还相当友好。有几个。镇上的人各色各样。许多人虽然沉默寡言，但谦谦有礼。绝大多数人都很审慎，带着一丢丢险恶的鄙夷。

有一天，小吴回到家里，心情异乎寻常地美妙。他走进房子的时候还哼着歌曲。天气很好，一碧如洗。鸟儿仿佛也在跟着唱。小吴唱着歌走进了厨房，他所有的室友都坐在桌子边上。当他看到他们脸上的表情时，他停止了歌唱。

是艾伦。

什么?

他在医院里。有人把他打得不省人事。喊他日本佬。

据目击者说,第一个动手的人打了艾伦的太阳穴,把他击倒在地,他们宣称:"这是为了珍珠港。"

小吴想:这本该是他。中村说:这本该是他。

所有的室友都意识到:这是他们。他们所有人。这就是重点。他们全是一样的。对那些把艾伦的头揍得连眼睛都肿得睁不开的人来说,全是一样的。当他们拿电池和石头装满一个人袋子,用它击打艾伦的肚子,打得血从艾伦的喉咙里涌出来时,还是一样的。艾伦是吴是朴是金是中村,他们也都是艾伦。日本,中国,韩国,越南。管他呢。那里的随便什么地方。越南佬。日本佬。东洋佬。中国佬。阿拉伯佬。管他呢。这幢房子里的所有人,从那以后,他们应该更亲密无间。但他们并没有。他们不再坐在桌子边上,比较绰号。因为现在他们知道自己是什么样的人了。永远是这样的人。

亚洲人。

越来越多地,他们把时间花在自己的房间里学习,或者是假装学习。躺在床上,望着天花板。辛格在年末离开,转学到俄勒冈州立大学。朴和金搬了出去,合住在校园另一头的公寓里。小吴很快就和其他人失去了联系。最终,和人们一样,他们全都没有了彼此的音讯。除了艾伦。

他和吴保持联系,给吴写信,吴心怀愧疚,回信很迟,大约每收到三封回一次。

吴知道艾伦取得的成就,这些年来逐渐欣慰,因为他先是在学术界爬到了巅峰,然后是工业界,也因为他成了他们中最出色、最光彩的人。

他们一直没有抓到那三个把艾伦打得命悬一线的人。不是说他们必须被抓住。大家都知道是谁干的。艾伦继续在《美国梦——移民成功故事》里扮演主角，那个罕见的异数，神话中的应许之地，离开唐人街去往郊区的大人物。生活在主流之中，人人都知道这意味着白人。

他后来在麻省理工学院获得博士学位。他结婚了，有两个孩子，一儿一女。由于在殴打中造成的脑震荡，他终生都饱受头疼之苦。在他 51 岁时，他被授予了一项专利，这项专利被证明在工业上有广泛的应用，在若干个领域打开了全新的可能性。通用电气公司以近三百万美元的价格获得了这一专利。这是艾伦将要提出申请的数十项专利中的第一项。

艾伦，新晋富豪，有挚爱的妻子和备受关爱、也满怀爱心的孩子，决定搬出他的房子一段时间。他考虑回台湾，不过他已经失去了移民的特权，担心一旦他离开，就不能再入境了。

他在这里感到不自在。台湾不再是家了。越来越多地，他发现自己回到了唐人街，在那里他被视为本地的名人。我们中的一个，干得好极了。功成名就。当艾伦 58 岁的时候，他吃了半瓶安眠药，再也没有醒来。两年后，他的女儿**克里斯蒂娜·陈**，从斯坦福大学毕业。克里斯蒂娜的母亲和弟弟参加了毕业典礼，她接受了系里颁发的物理学的嘉奖。她做了简短的演讲，感谢了她的母亲和父亲。她的母亲哭了，她的弟弟鼓掌。随后他们一起外出吃了晚餐。毕业两周后，克里斯蒂娜在 5 号州际公路的停车区给她的车加油。有人从一辆时速近 40 英里^①的车子里向窗外大吼大叫，喊她从哪里来就回哪里去，把一个半满的啤酒瓶扔到了她的头上。她被送到急诊室，头皮缝了十一针。她后来成了欧洲核子研究委员会的首席研究员，不过和她父

---

① 约 64.37 千米。

亲一样，终生都饱受头疼之苦。她再也没有去过唐人街。

小吴以平均 3.94 分的绩点完成了他在密西西比大学两年的学业。毕业后，他被加州大学洛杉矶分校的一个博士生项目录取。

第一学年结束的时候，吴通过了资格考试。第二学年上到一半时，他的母亲生病了，迫使他辍学挣钱。他在他的专业领域里找工作。他在专业以外的领域里找工作。愿意用上他的本事。但是，尽管他成绩很好，却很少有人接受。在一次特别糟糕的面试后，招聘人员主动给了一些建议。

"没有人真的想雇你，"他说道，"因为你的口音。"

"我没有口音。"吴回答道。

"对啊。这很奇怪。"

因此吴学着加上一点口音，然后找到了一份工作，他唯一能找到的工作，作为一个年轻的亚洲男人，在鸿运楼，一个饭店。清洗餐碟，收拾桌子。在唐人街里。

他加上口音，学习这里的生存之道。他不是这样的人，但他学会了如何去做一个年轻的亚洲男人，游刃有余。

外景　多萝西的背景故事

多萝西从俄亥俄州搬到唐人街，收拾了一个蓝色行李箱。她带来了六件衬衫，四条涤纶裤子。她带来了一张她父母的照片，是在他们第一次见面的台北大街上拍的，站得笔直，隔开大约一英尺[1]，彼此没有接触。他们两个都直视着镜头。

---

[1] 约 30 厘米。

她带来了七条内裤，两双鞋子。她带来了急切的性子。她带来了吵吵闹闹、有点出其不意的笑声，那种在喧闹的派对上突然地爆发，然后又同样迅速地消失的笑声。她带来了母亲在家里的床上去世的记忆，她的十个孩子围着她，她大声地问为什么，为什么，毫不掩饰。为什么呢？多萝西终其一生，时不时地会怀疑那记忆是否真确，还是她自己的想象在渲染，随着时间的流逝，一点点地，从相框浸染到照片。

她带来了香，还有供奉祖先的神龛，还有一个小一点儿的、供奉一个特别的微小之神的神龛。移民和房地产交易兴隆的微小之神。它在很久以前就兴起了，作为更伟大的灌溉和农业风调雨顺的神灵。这是一个明白的神，最重要的是：地段，地段，地段。

向这位微小之神祈祷，你闭上双眼，你想象你和你家人的家，有四间卧室和两间半浴室，然后你睁开双眼，看到你在南加利福尼亚州，然后你就成了。

但尽管她祈祷了，人们还是不愿意出售房子给多萝西和吴。那也没错，因为他们买不起。不过人们也不愿意出租公寓给他们。那也是可以理解的，因为多萝西和吴收入菲薄，只是他们的收入并不是人们不愿意出租给他们的理由。人们不愿意租给他们的原因是他们的肤色，尽管严格来说，在美国故事的这一点上，这种不租给别人的理由是不合乎法律的，但现实是，没有人在乎。移民的微小之神让多萝西走到了这一步，但房地产的神灵让她失望了。她和吴在他们唯一能去的地方租房，有一个好处是这地方他们负担得起。唐人街单间廉租公寓。

他们租下了他们能找到的最大的一间屋子，在最好的一层（八楼），住在十二英尺乘以十英尺①的屋子里（比标准房间的十乘以八②

---

① 约 11.15 平方米。
② 约 7.43 平方米。

多了半倍)。作为年轻的亚洲男人和漂亮的亚洲女迎宾，双份收入让他们过上了相对舒适的生活，虽然也不能说太好。不过他们多数时候可以吃上肉，每周吃一次鱼，而且他们不必像住在楼下的许多人那样买碎米。

他们一起下楼，晚上在饭店里工作。她在饭店的前堂，他在后厨。在她的新工作中，她被打量，被端详，被垂涎，被掂量，被上下其手，被扇耳刮子，最糟糕的是，被温存爱抚。那些抚弄者自以为是绅士。他们幻想多萝西会回应他们的爱慕之情，作为角色的一部分，会表现出忸怩，或者娴静，甚至愤慨。这些绅士们并不追求在臀部或者胸部飞快地摸一把，那种一时的亵渎。相反，他们想象一个世界，在那里他们可以包养她，在某一间小小的公寓里，拜访他们娇小的中国美人。

吴看着这一幕，缄口不言。故事不是这样的。他还不是功夫大师，不应该用他左腿的闪电踢撂倒所有那些苍蝇一样的家伙来保护她。这需要极大的克制，还需要多萝西的不断安慰，他在做正确的事情，他们必须这么做才能生存。漂亮的亚洲女迎宾是为他们支付账单的角色，他清楚这一点，这使得情况更糟了。在这个地方，金宫，多萝西几乎是一个明星，灯光就这样打在她身上，聚焦在她臀部的曲线上，旗袍勾勒出她的样子。这就是她，也是她的全部，对某些花瓶角色来说够好了，而这时生意人和犯罪头子正在密谈，龌龊的黑社会场景正在上演。有时候她活下来了。许多个夜晚，她会死去。鸦片，也许，又或者是仇杀。某个被抛弃的情人。或者在枪战里被击中。

有时候她会在临死前哭泣，在那些晚上，吴会停下手头的事情，站在幕后，看着她表演。看着其他人也在看着她。惊呆了。他就要知道，她注定会得到更多。她哭泣，然后她死去，然后他们上楼洗漱，分享一碗面条，上面放了几根腌制的萝卜，以此来庆祝。

在没有工作的日子里，他们去**外景 唐人街**探险，走不了多远就到了街区的尽头，那片舞台布景结束的地方。不过这已经足够了，呼吸几口新鲜空气，看到真正的日光，听到不带配乐的声音。

多萝西喜欢那种涤纶喇叭裤和印花衬衫，大尖角领开口很低。她用头箍把午夜般漆黑的头发从脸这里往后拢。她试着打扮，扮成美国女人的样子，加上她肤色白皙，让她处于一种进退两难的状态——女人不情不愿地羡慕她，男人则色眯眯地直接盯着她。

她很少被喊成中国佬，尽管有时候当她说话时，人们很难听懂她，或至少是他们假装听不懂。

小吴更难适应。穿着短了一英寸①的裤子。短袖衬衫四四方方的，对他精瘦的身材来说太宽大了。他们分享一瓶可乐，就像多萝西以前经常和她全家一起喝的那样，她喝得太多了，肚子疼，他握着她的手，轻揉她的肚子。

小吴转向多萝西，停了下来。

怎么回事？

我们会离开这里的。

那一晚结束的时候，小吴的眼里有一种神采，这是多萝西第一次在小吴脸上看到这种神采。多萝西头一回在别人的脸上看到这种神采。这有一点吓到她。不过这也是她最终爱上他的时刻。

吴明晨

我们就是这样认识的。然后坠入爱河。

多萝西

在这个地方吗？这里不是谈情说爱的地方。这

---

① 2.54 厘米。

里是警察发现死尸的地方。这里是日夜颠倒的地方，一天又一天地，我们不知道我们可以成为谁。我们怎么会在这样的地方有爱情故事呢？

吴明晨

说得对。我们无法选择我们的境遇。当我们可以相爱的时候，我们必须相爱。偷来的时刻。在工作之间，在场景之间。不是爱情故事。但却是我们的故事。

他们在饭店里举行了婚礼，由侍者、厨子和店堂伙计组成的一个小小的临时聚会。

他们运气不错——两只石蟹被送回了厨房，还回来了一只几乎没有动过的龙虾，他们把这几只甲壳类动物的每一部分都用上了，用鸡蛋炒米饭，把肉切成丁和面条一起吃。有人打开了收音机。有得吃，有得跳，热得要命，每个人都在制服里汗流浃背，但今晚没有人在乎。

在挨挨挤挤的人群中，吴抓住了多萝西的手，轻轻地握着，对她低声耳语。不是一个爱情故事，他说。不是我们的故事。只是我们在一起。这就足够了。她亲吻他。一片欢呼。搞到了一些大瓶的青岛啤酒，真是欢乐的时光，直到他们想起他们在哪里。他们是谁。老板回到厨房，告诉大家回去工作。多萝西和吴花了点时间才回过神来，头昏沉沉的，四肢不听使唤，胃满满当当的，心也是如此，他们又套上了亚洲服装。

普通的亚洲孩子

然后你来到了场景里，宝贝威利斯。一个小不点儿功夫男孩。有那么一刻，背景故事、片段和场景里充满了背景演员和没有台词的角色，这一切都顺理成章，所有的一切都指向这一点。一个家。他们把你从医院带回了家，从这一刻起一切都会加速。这是第一次的蒙太奇，所有重要的和不重要的里程碑：第一次迈步，第一次说话，第一次睡了整个晚上。在一个家庭里，如果一切顺利的话，会有那么几年，父母不再孤单了，他们一直在养育自己的同伴，那个让他们在这个世界上不那么孤零零的孩子，在那些年里他们不那么孤苦无依。它含混不清——稠密、喧嚣、困顿——情感和思绪全都纠结在一起，一日复一日，一学期又一学期，平凡的日常的，第一次的，滚滚向前，散漫而行，夏天的夜晚，所有的窗子都打开，躺在被子的上面，越来越黑的秋天的早晨，没有人想起床。准备好了，好好做事，有得有失，那些根本不如人意的日子，然后，就在此时，混乱形成了某种雏形，不是以一系列随机的突发事件以及事情本可以做得很好的面貌出现，日历日程，岁月流逝，年复一年，堆积起来，乱七八糟的一堆，却有其意义，所有这一切的甜蜜，就在这一刻，第一次开始变成了最后一次，就好比，最后一次开学日，最后一次他爬上床和我们一起睡，最后一次你们像这样都睡在一起，你们三个。有那么几年，你留下了你几乎所有的重要的回忆。然后你在接下来的几十年里不断地回想它们。

普通的亚洲家庭

你以前做过这些，全都做过。已经尽了最大的努力去成为美国人。看节目，听磁带，抹掉你的口音。穿着得体，打理你的发型，上高尔夫球课。甚至，在家里鼓励说英语。你做了每一件要求你做的事情，甚至更多。

你的父母，他们工作。为了取悦陌生人，迷失在他们各种各样的装扮里。说着台词，达到目标，站在好的打光边上。

你在背景里，你在旁观。

晚上，你的母亲穿上戏服。

晚上，你的父亲钻研功夫。

他们哭泣，他们死去。他们熬过来了。

多年以后，他终于把功夫练得炉火纯青。有一天，他成了功夫大师。

他得到了师父的工作。他很抢手。

你煎了一块牛排来庆祝，你们三个人开心地吃着，用两升可乐把油腻腻的肉吞了下去。干杯：敬不再是其他演职人员。你的父母计划从单间廉租公寓搬走。一切都很顺利。直到不那么顺利。

直到你的父亲意识到，尽管有这一切，更大额的支票，更荣耀的称号，在剧中的地位，他有名有姓。傅满洲 ①。黄种人。一切都变了，又什么都没变。

是的，是的，你的功夫太棒了。完美，纯粹，柏拉图式的理想功夫，武术的最高境界。不过，我们也不想问这个问题——你能加上

---

① 傅满洲（Fu Manchu），英国作家萨克斯·罗默（Sax Rohmer，1883—1959）笔下的华裔人物，聪明绝顶，但又狡诈阴险，强化了西方对华人的刻板印象，是"黄祸论"在文学作品中的典型表现。

口音吗?

他们让他戴上蠢兮兮的帽子。为了烧煮杂烩,要踢打腾挪地把蔬菜切成一千片。所到之处,锣鸣声声。

他被告知:你是一个传奇。

你知道这一切会走向何方,但为时已晚。你一筹莫展。他也一样。

你的母亲哭泣,然后死去。哭泣和死去。哭泣和不会死去。只有哭泣。因为如今,你的父亲不再是人,不再是人类。只是某种神秘的东方力量,只是某个干瘪的中国人。她的丈夫不见了,吴不见了,就连年轻的亚洲男人也不见了。他们把他从她身边带走了。他如今已迷失,迷失在他的作品中,迷失在他们打造的形象里。遥不可及。冷漠,追求完美的人。神秘莫测。不再有特征描述,不再有年龄或体型,只是一个角色,一个名字,他曾经习以为常的一个躯壳。他的特征被去除,被原型取而代之,就连他的脸都变得虚无空洞。

他就是这样变成师父的。她就是这样失去丈夫的。你就是这样失去爸爸的。

他在房间里进进出出,在不正常的时间,叫醒你和你的母亲,大声地抱怨这抱怨那,告诉你们他的打算,总有一天会展示给他们看,去想象一个世界,他的儿子可以为在这个家庭里长大而自豪。他时不时地会这么做,如果不是太经常的话,然后是偶尔为之,然后是根本不会。你从楼里的其他人那里得到他的消息,听到传闻。他开始酗酒,打坏道具。他们把他放在史诗里,他消失了很长一段时间,只有隆隆的鼓声、激越的弦乐和永远的锣鸣,永远永远有锣鸣。镜头对着他的眼睛前推,死气沉沉的眼睛,他们把他变成了他们想要的,他自始至终注定要成为的,一个廉价版的李小龙。你就是这样长大的,在唐人街里，你的爸爸不再是你的爸爸了。你可以在夜里听到他们说话，关于如何离开，关于离开的梦想，关于永远没能离开。

年轻的亚洲男人

到底怎么了？他们做了什么？他们困住了
我们。

年轻的亚洲女人

也可能是我们自己困住了自己。

年轻的亚洲男人

我们一直是这样吗？不是还有更好的吗？

年轻的亚洲女人

是有的。还可以更好。

你在夜里听到他们说话，你心想：总有一天，你会离开的。

外景　饭店后的小巷—现在

第一口烟最美妙。第二口烟你想起你讨厌抽烟。你把香烟从身上拿开，看着那缕孤独的烟飘向三十英尺 [①] 高的广告牌：

迈尔斯·特纳　　莎拉·格林

黑与白

他们完美、巨大的面孔，俯视着你。即使在这里，光线也恰到好处地照在他们的脸上。无论他们在哪里，那都是他们该在的地方，事物的中心永远是白与黑和黑与白。即使在这张照片中，张力也让人无法忍受，聚光灯打在他们两个鼻子的中间部位，浪漫的重心，他们两个人面对面，侧脸。他们俩的嘴唇如此性感。那真的是他们的嘴唇吗？不可能。你把拇指和食指放在自己的嘴唇上，看看它有多厚。你怎么会有这样的嘴唇？看起来永远准备好被亲吻的嘴唇，永远丰盈饱满，柔软。嘟着嘴，抿着嘴。那是一些有着性感嘴唇的性感警察。你希望你的脸能更加——更加地，像样。你不知道是什么。也许不是更怎么样。是不那么。不那么扁平。不那么精巧。更加粗犷。你下巴的轮廓更加分明。这张脸感觉就像面具，对你来说从来就不那么贴合。它会提醒你，时不时地，经常是在喝了两到四杯酒之后，你是亚洲人。你是亚洲人！你的大脑有时候会忘记。但你的脸会提醒你。

门朝外打开了，你吓了一跳。是她。凯伦·李。

"放轻松，"她说道，"死亡怎么样啊？"

---

① 约9.14米。

"你在跟我说话吗？"你问她。

她看了看四周，像是说，还能有谁，伙计？

"抱歉。我不习惯，呃，像你这样的女人来跟我这样的男人说话，呃……"

"我这样的女人？"

"有选择的女人。"

她大笑。打量了你一会儿。"你不是真的在抽烟吧？"

你看了看你的香烟。"不是。"

"那你拿着这个干吗？"

"我不知道。我猜是和这套衣服搭配吧。"

你扔掉香烟，用鞋踩灭了它。

"那么，你怎么样啊？"

哇，你胡思乱想。她在耍你吗？她在耍你吧。她肯定是在耍你。像这样的女人是不会对一个死去的功夫不怎么样的家伙感兴趣的。一个普通的亚洲男人。如果有一件事你必须记住，就是这个了。当然，他们会跟你聊天。和你做朋友。但在内心深处，她并不这么看待你——

"嗨。威尔，你在听吗？迷失在你的内心独白里了？"

"抱歉。我想是的。"

"外面天气真好，不是吗？"

"是的。"

"你是哪里人？"

"我就是这里的。唐人街。你呢？"

她对你眨了一下眼睛，你差点又死了一次。"你觉得我是从哪儿来的？"她问道。

"你想让我猜吗？"

"我想知道你对我的印象。"

"好啊，"你说道，"我来试试：你上了一所位于中西部的、排名不错甚至很不错的文理学院。不对——是东部的。你会骑马，开手排档汽车，使用筷子。你在大阪留学过一个学期，对吗？也有可能是京都。绩点漂亮。如果你的梦想没有实现，你还有一个会计学位可以依靠。"

"大致不离，除了是台北，而不是大阪，是历史，而不是会计，我四年都在优等生名录里，并且说实话，我还不确定我的梦想——或许是读研——所以我不认为我会走投无路，如果像你所说的，这里不适合我的话。"

"但事情就是这样，凯伦。对你来说，它总是如此。这条出路，那条出路。漂亮的女孩永远不会不受欢迎。就是这么回事。对你们这类人来说，一切都很顺利。对白人来说：异常顺利，一直都异常顺利。历史上不都是这样教的吗？"

"我不是白人。"

"很白了。非常接近。"

"是啊。这就是为什么我会出演种族模糊的女人甲。"

"你也许说得有道理。那又怎样……那你呢？"

"我什么？不错啊，威利斯。"

"你懂我的意思的。李可以是，你知道的，像莎莉·李①，或者李将军②。但它是实际上就是李。是吗，李？"

"李，就我的祖父而言来自台中。祖母去世后，他搬到美国和我们住在一起。"

"你有四分之一的中国血统？"

---

① 莎莉·李（Sara Lee），也是美国一个家喻户晓的、有百年历史的公司的名字。
② 李将军，指罗伯特·爱德华·李（Robert Edward Lee，1807—1870），美国南北战争时期南方联盟的总司令。

"如果你想这么量化的话。"

"哇哦。就是——哇。"

"你以为我是什么？"

"我不知道。我以为你也许有一点拉丁裔血统？或者只是从夏威夷回来，晒了个美黑？你会讲？"

"E-hiau kong Tai-oan-oe①。"

"从你的口音我可以看出你说得比我好。"

"你要自己待上一会儿吗？"

"这让我很困惑。"

"如果你觉得这让你感到困惑，想一想我的感受吧。"

"看起来你还过得挺不错的。"

"我相信看起来是这么回事。"

"你就像一个神奇的生物。变色龙。"

"在任何情况下都能随机应变，"她说道，"我全都得到了。巴西的，菲律宾的，地中海的，欧亚的。或者只是一个晒成古铜色的白人女孩，有一双异国风情的眼睛。无论我到哪里，人们都认为我是他们中的一员。他们想要我加入他们一伙。"

"一定很神奇。"

"是啊，我是说，我可以被所有种族的人抹去个性。"

"但你自己也说了。你可以随机应变。"

"似乎成为一种人会更容易一些。"

"我就是一种人。亚洲男人。这就是我的全部了。相信我。成为你比成为我要好。"

"噢，呜呜，我是一个可怜无助的亚洲人。成为我这样的人太可

---

① E-hiau kong Tai-oan-oe，闽南话拼音，意为"伊会讲台湾话"。此处"台湾话"指闽南话。

怕了。"

"我必须带着口音说话，因为没有人知道到底该拿我怎么办。我有当代美国人的意识。我有一张五千年前的中国农民的脸。亚洲男人。这是一个事实。看看吧。没有人喜欢我们。"

"别那么有敌意，他们就不会啦。顺便说一句，我可能喜欢上你了。也许吧。有一点。"

等等，你说什么？

一个普通的亚洲男人的爱情故事？？？

不可能。

一个普通的亚洲男人的爱情故事？？？

真的吗？

一个普通的亚洲男人的爱情故事？？？

对你们这类人来说，这很罕见，不过要是你足够幸运，你或许会拥有一个美好的爱情故事。珍惜吧。

爱情故事

你和凯伦。场景布置好了。各就各位。她是一个游客，你是一个快递员。你忍不住看她。

浪漫的蒙太奇开始

凯伦

哦。

我们已经开始了吗？

特别客串明星

出于某种不可解释的原因，她爱上了你。

凯伦

我想我们开始了。

为什么是不可解释的？

特别客串明星

因为看看你的样子。

再看看我的吧。

凯伦

我们为什么要这样说话？

"抱歉，"你说道，"习惯使然。"

"我不想表演约会，威尔。我要真正地约会。"

"我们该怎么做？"

"你不知道怎么约会？"

"不太知道。"你说道，低着头。

"噢。噢！我还以为你在开玩笑，"她说道，意识到你不是在开玩笑，"我们何不从咖啡开始呢？"

"我喜欢咖啡。"

喝咖啡的时候你问她问题。她的愿望是什么，她的恐惧呢？她觉得自己五年后会怎样？她说这些都是糟糕的问题。这些问题是她去应聘一家律师事务所的职位，而不是在约会的时候问的。你说对，对啊，就好像你很懂这个，然后安静了片刻，她开始大笑，而你会脸红，你觉得你可能不得不跑出咖啡馆了，但相反，你开始嘲笑自己，感觉很好。你不知道该做什么，该说什么，该如何是好，就坐在这个人的对面，她刚抓住你的手，捏了一下，然后迅速地放开了，然后你们就在散步了。**外景　木板步道—夜晚**，月光下，她说，嗨，我们怎么会在这里？你说月光下漫步在水边应该是很浪漫的，而她说这不是一个地方，这是一个概念，一个普通的浪漫布景，你说他们不会无缘无故叫我普通的亚洲男人，你嘲笑你自己，这次自如多了，她也笑了。这次不是她让你笑，是你让她笑，这感觉很好，是让这个人笑，你对她说了这一点。她说她一直觉得你很有趣。她以前和你一起工作过，在背景里你总是在开玩笑，跟蔡肥仔或别的什么人低声胡扯，压低嗓门讲些小笑话，假装你只是想送一份炒饭套餐的外卖订单，但后来你却意外地目睹了几起谋杀案，而《黑与白》实质上是一部关于吃太多中餐会有风险的剧。

你真的注意过我吗？你想问她，但你没有。你只是让这个事实摆在你面前——凯伦·李在你们相遇之前就知道你的存在了。她看到你在后面，在那里，不在聚光灯下，甚至是在你都不能看到你自己的时候，这个事实改变了一切。现在你们在**内景　唐人街**，分享一碗红豆炼乳刨冰，你在问她关于她自己的问题。你发现她有四个弟弟，最小的一个在念中学。她十五岁的时候父亲去世，母亲再婚。你喜欢看着她，是真的，看她的脸，她的容貌，你认得出的一点小习性，一张唐人街的脸，还有你认不出的东西，是又不是，在熟悉和陌生之间，在似曾相识和闻所未闻之间，还不仅是她说话的方式，言谈的语调和节奏，还有见解，她在背景里面，在边缘之中，看待世界的方式。她看起来或许像未来的女主角，但她有着那种从小角色起步的人的明智的实用主义。她照顾别人——她的弟弟，她的母亲——你开始想象你可以怎样照拂她，看顾那个总是在照顾别人的人。你喜欢她既有自我意识，又不过度自我，喜欢她既直抒己见，又坚持梦想。你穷极一生想成为功夫大佬，想成为非你本色的人，而眼前这个人始终是她自己。

更多的咖啡，更多的冰甜品。交谈。有时接吻。更多的交谈。你们玩游戏。你愿。你愿意：演没有台词的死去的英俊亚洲人，还是满口傻话的愚蠢的东方人？你们对台词，扮演你们两个人都演过的角色，分享你们在打工时说过的最可笑的对白。更多的茶，吃更多的油炸品，串串儿，大声欢笑，表演傻乎乎的角色。你想告诉她你的感触。你默默地练习你要说的话，想象你侧着脸的样子，眼中柔情似水。她注意到你在排演。

"威尔，你在做什么？"

"爱上你。"

"不，你不是。你是坠入情网。"

"一样的。"

"不是一回事，"她说道，"坠入情网是一个故事。"

她说，讲述爱情故事是一个人的事情。恋爱需要他们两个人一起。把她奉上神坛只不过是孤单一人的另一种形式。

你尽量不去毁了这一切。她不会让你搞砸的。一切都很顺遂。它一直顺顺当当，直到那一刻，正常来说它会不再顺利，似乎就要变得周折坎坷，但然后到了那一刻，它还是顺顺当当的。

凯伦看见你在和你的母亲说话。她走向你们，微笑着，紧张，甜蜜。有一种情绪从你心中升起，你嘴巴里的味道，金属一样，像是恐惧。凯伦和亚洲老妇人见面了，她们在交谈。你无法想象这情形。你无法想象，所以你不能让它发生。你怎样才能阻止？跑开吗？和她谈个明白？和你的母亲谈个明白？但这些都没有必要。所发生的只是你做了一个动作，不起眼的，你转过头去。

"噢，"她说道，"你不想让我见她。"

"我愿意的，只是，"你说道，"她不是最随和的——"

"没事的，威尔。我知道了。"而她做到了。凯伦不会让你毁了这一切。她理解你的忧虑。她等待，等你准备好让她们见面。

当你介绍她们认识时，你的母亲没怎么说话。她热情地笑着，和她握手，对她讲一些台湾话。凯伦回应了。也是台湾话。凯伦说了一些你的事情，你没太弄明白。你的母亲笑了。她们都笑着转过头来看你。见鬼，这到底是怎么回事？事情不该是这么发展的。这时候应该是事情搞砸了，但她们的表现恰恰相反。

然后你就不再死去了。

浪漫的蒙太奇结束

黑与白
死亡之后
恢复通知

回复：威利斯·吴

　　特此确认您最近一次死亡事件后的四十五（45）天强制静默期已结束。您现在可以恢复活跃。请注意，通过再次登录系统，您在此确认并同意放弃您在死亡之前已经生成的任何及所有的身份或其他的累积福利。您与任何过往角色的连续性将不被承认。

——中央选角 [①]

[①] 中央选角（CENTRAL CASTING），由威尔·海斯（Will Hays）创立于 1925 年的选角公司，提供群众演员、替身演员等小角色。

你把这个消息告诉了凯伦。这应该是一件好事情。你可以回去工作，有更多的目标，有更多的钱花在约会上。可以为了将来而存钱。你们就着啤酒和面条来庆祝。

你又开始工作了。一模一样的烂工作，不过现在你有了信心。现在你有了凯伦。你开始做得更好。还是小角色，但却是略微大了一点的小角色。

你步入正轨。再一次。

普通的亚洲男人丙，乙，甲。凯伦的事业也在继续上升——比你的更高，更快。你并没有介意。你为她感到高兴。你是高兴的。你知道她注定要有一份比你更大的事业。与比你更成功的人约会，随之而来的是你要保持自我的领地，凯伦有更多的角色。一个天，一个地。你一点也不介意。

你们见面变少了。从一周两次变成了一次，又变成了每两周见一次。你们交谈，但你们又不在交谈。

"嗨。"

"嗨。"

"你去哪儿了？"

"在工作。"

"好吧。"

"好多啊。"

"他们不让你休息吗？"

"我必须专注于我的事业。"

你全力以赴。而凯伦支持你。她的支持给了你更多的信心，这会带来更多的工作，而这又会带来更多的信心。你不再是普通的——现在你又是一个客串明星了。你身上有些与众不同的东西。无论他们是谁做出了这些决定，他们都能看到。你现在有了那种无形的资产。

这正是他们告诉你的。客串明星，客串明星，客串明星，然后接下来你知道的，你会不断地重复。你非常接近了，一个大突破。你能感觉得到。然后它从天而降：和导演的会面。

他告诉你：这些年以来。从你还是一个孩子的时候开始。你的梦想是什么？他告诉你，它就在那里。你就差一点儿了。从现在起随时都有可能。

你不敢相信这个消息。功夫大佬。从现在起随时都有可能。

计划是在晚饭时和凯伦分享这个消息。然而凯伦先分享了她的消息。一个宝宝。

"一个什么？"你说。

"一个宝宝。你知道的，那种小小的娃儿。你不高兴吗？"

"我当然高兴，"你说道，"我只是，我不知道。我没办法那么想象自己。我现在是一个特别客串明星。我做得比以前任何时候都要好，但我挣的钱还是不够养家。"

"新闻快讯：我也干得相当不错。"

"噢，我知道你是的。"

"我不明白这是什么意思，我们以后再谈这个吧。但现在，我只是想问，你为什么要毁了这一刻啊，威利斯？"

"噢，我的天哪。"你说道。你毁了这一刻。你是个白痴。你亲吻凯伦的脸，亲吻脖子，然后再是脸，你紧紧地抱着她，然后又担心你抱得太紧了。你拿出藏起来的一叠信封，把十块、二十块钱堆成很可观的一堆，你买一个小小的戒指，你单膝跪地，你向她求婚。她说好的。

你们两个在法院结婚①。你有了新的决心，全身心投入工作。她

---

① 在法院结婚的费用较低，通常不到一百美元，视各州的情况而定，而普通的婚礼花费则需数万元。

说出了内心的疑惑：你们要住在哪里？唐人街？单间廉租公寓？

一个月。两个月。三个月孕期。又三个月。然后再三个月。然后：

你们是父母了。

你把女儿抱在怀里。她看着你，你知道她来自别处，一个你无法理解的地方，你一直栖居其中的小小的内心空间，就在你那愚蠢的脑袋里。你知道她是从另一个星球来拯救你的外星人。一个来自遥远国度的存在。她看了你一眼，你就知道她了解你，你也了解了你自己，而你从前并不清楚。你做父亲不过十秒钟，你就肯定地知道，你再也不是从前的你了。

你和凯伦给她取名**菲比**。

凯伦和菲比还有你，住在单间廉租公寓里。你觉得你们不能在这里养育这个孩子。但目前来说，在你成功之前，只能这样了。你们全都住在八楼的一个房间里。温暖舒适。嘈杂吵闹。房子的声音沿着中央的柱子而上。恶臭的垃圾味如同热浪一般往上飘。宝宝哭闹了整晚，邻居们不停地敲打你家的地板和天花板。你拍警探片。扮演反复出现的有色人种。时间更长，不过信封更厚。你非常接近了。又一次地。就像你有一阵子那样。

有一天你回到家里，凯伦正在逗弄宝宝。夜晚切断了这一幕——她把宝宝递给你，这会儿该准备去工作了。

"我有个大消息。"她说道，一边转过身去，穿好衣服准备上班。她一反常态地紧张。你可以从她的声音里听出来。

"好啊，"你说道，"说来听听。"你不知道你为什么这么说。这就让事情在一个错误的调子上开始了。凯伦觉得这有点古怪，多多少少，你也如此感觉。

"我自己的剧，"她说道，"一个大角色。我扮演一位年轻的母亲。"这一次是为她打造的，本该如此的。令人窒息，全都汹涌而来，责任，这个角色有多重要，是故事的核心。她不能自持。

"里面甚至有适合你的角色。"她说。

"我们可以从这里搬走。开始新的生活。"

你微笑，你的脸有点僵硬。轻轻地摇晃着宝宝。看着她小小的脸庞。

"威利斯，"她说道，"你怎么想？"

"太棒了。这太棒了。"

"我知道这很棒。但你这样讲，让我觉得你并不这么认为。"

"这很棒。"

"我不明白。这不是你想要的吗？从这里搬走？"

"是的。我是说，是的。"

"但是你想成为那个做成这件事的人。是这样吗？你想成为那个让我们搬出去的人。"

"我真的快做到了，凯伦。"

"你已经快要做到了好一阵子了。"

"你不相信我。"

"我是相信你的。这就是我再也不想看着你这么做的原因。"

"你不认为这是我应得的。"

"这当然是你应得的。你很久前就应该得到它了。不过你真的认为他们打算把它给你吗？今天他们会说明天。明天他们会说后天。我只是不想你被困住。就像你的父亲一样。"

"被困住？你对我的父亲了解多少？你知道他当年是谁吗？你没资格跟我谈论我父亲。没资格谈论被困。"

"对不起。我只是说——"

"这是对我们家庭最好的选择。眼下我得留下来。为了获得它，我已经付出太多。如果我得到它，我就能养活你，养活我们的孩子。"

"我们不用你来养家。我可以来供养。你没听到我说我有自己的剧了？这可以是我们俩的影剧。"

"你就是不明白。我不想演你的剧。"

"你怨恨我。因为我做得比——"

"说出来吧。你比我做得更好。但并不是，不是这个原因。这和你无关，凯伦。这是关于我。我想成为功夫大佬。"

"当真吗？还是为了功夫大佬吗？在经过了这么久的时间之后？"

"你是什么意思？当然是了。这是我的梦想。这就是像我这样的人可以给他的。当然还是为了成为功夫大佬。"

"还有其他值得追求的事情，威利斯。世界就在那里，它很大。"

"也许对我来说不是的。对不起，好吗？对不起，我还不能放手。"

"所以你在说什么啊？你不想要这个家了吗？"

"我想的。我想的，凯伦。我们能让这个家好好的。就像我说的，我快要得到我为之努力的一切了，一旦我做到了，情况就会改变。我会来加入你的影剧，但是带着我自己的东西。我就是必须这么做。"

"这部剧的背景设在郊区。偏僻。离这里很远。两地分居对孩子来说没有好处，威利斯。"

"就一段时间。几个星期。也许是几个月。"

"几个月？"

"最多了。"

于是她走了。而你继续工作。几个星期变成了几个月，又变成了好几个月。好几个月变成了一年。更久。那漫漫无尽的感觉。凯伦是对的。或许也是你一直以来都知道的。它永远不会发生。你现在就应该放弃。

一丝微光。瞥见这之外的生活。然后，时机刚刚好，就在你有生以来第一次开始认真考虑在唐人街以外的地方过活的时候，电话响了，是导演，他说出了你一生都在等待的话。

恭喜你。

你是：

功夫大佬

没有凯伦在这儿分享这一刻。你孤身一人。你得到的正是你想要的。不是吗？或者说他们确实给了你。你以为你想要的东西。一生难求的角色是你永远无法让自己放弃的。凯伦是对的：你被困住了。做得好是一个陷阱，是另外一种，但还是陷阱。因为你还是在一部没有适合你的角色的剧里。

内景 金宫中国饭店

你站在餐桌旁边。这满满一桌的食物。你可以吃这些食物。没人会数。不过你也不想让自己难堪。很容易让自己难堪。他们什么都有：小小的切成三角形或正方形的手指三明治，烤牛肉或烟熏火鸡肉，给素食者或假装素食者准备的黄瓜番茄，堆得高高的咖喱鸡肉沙拉和虾仁沙拉和龙蒿意面沙拉，各种各样的条状食物，胡萝卜条、芹菜条、西葫芦条，小块的奶酪（有三种颜色，虽然说实话你看不出区别），这些甚至都还没有到甜点。布朗尼蛋糕和金黄蛋糕和精致的迷你红丝绒纸杯蛋糕和以上所有这些的素食版蛋糕，都摆成金字塔形。像你脑袋那么大的曲奇饼干。糖果、口香糖、薄荷糖、咖啡、茶、苏打水。有时候如果一天很长，他们会带来一个惊喜：塞满了烤肉和泡菜色拉的韩国玉米卷饼。手工冰激凌三明治。你站在那里，把油腻的冷切肉装满餐巾纸，偷偷地把卷成团的肉塞进你功夫裤的口袋里，这一顿你可以在一天结束后偷偷带回去。你停下来思考你现在所做的一切。仍然在扮演一个交给你的角色，为亚洲人而写。你认识到：你犯了一个错误。你这辈子最大的错误。伙计。你搞砸了。你得去找你的家人。你怎么出去？你不能从前门出去。你从后面溜出去。

外景　小巷

　　你抬头看了看广告牌。**黑**与**白**。你不能再掺和在里面了。他们的车就停在那儿。一辆为你准备的逃亡之车——你现在正要逃离。你撬开锁，点火启动，然后你就可以离开了。就此驱车逃离。在你身后，你听到警笛声。你踩上油门，甩掉他们。

白天，本地的中国孩子也会打扮成乡下农民的模样来渲染气氛。到了晚上，他们又换上平时的西式服装。

——徐班妮

当……一个局外人碰巧闯入了不是为他准备的表演时……表演者会发现自己暂时地在两种可能的现实之间摇摆。

——欧文·戈夫曼

功夫爸爸

内景　孩子的卧室—早晨

欢快而有节奏的音乐响起来！

童声合唱
我们起来啦，我们起来啦，我们好快乐。

菲比·吴在床上坐起来，伸展双臂，张着圆圆的嘴巴打哈欠。

童声合唱（继续）
该起床啦，菲比·吴！

内景　盥洗室—早晨—片刻之后

菲比，这会儿穿好了衣服，正在刷牙，跟着唱。

内景　厨房—早晨—稍晚一点

菲比唱着歌走进厨房。

菲比

（唱）

谢谢妹妹！ ①

童声合唱

（和声）

谢谢妹妹！ ②

菲比

不用谢！ ③

菲比，现在背着背包，和身高差不多的孩子排成一排，都是大脑袋、小身体，蹦蹦跳跳地走着。

孩子们唱着歌。菲比也加入进来，步调一致，音调一致，他们排队登上巴士，摇头晃脑地上学去：

童声合唱

谢谢妹妹！ ④

谢谢妹妹！ ⑤

是动画片。差不多是吧。

一部真人动画影片，说的是一个名叫"妹妹"的中国小女孩，还有她在一个新国家的历险。

这个国家在地理上是独一无二的，在事实上是不存在的，某种

---

①②③④⑤ 原文为普通话拼音。

古时候的台湾村庄（在帝国殖民者之前！）的风格，某种经过目标人群调研的、美学设计的、神话般完美的美国近郊的风格。这个地方，那个地方，它们一起，合成了一个杂糅的、扁平的综合体，世界就像一幅儿童插画地图，原色涂抹，边线圆润，让地图变得平滑，模糊了国界线，抹平了自然的高低起伏，一个乐观的、失去了记忆的人重述那些关于移民、文化适应和同化的古老故事。

妹妹可以在这些地方之间自如地来去，只要穿过一扇门，就能进入下一个房间。空间和时间，显然具有高度的可塑性，如同妹妹在新的国度里穿行，学习语言，食物、地点、还有问题（"盥洗室在哪里？"以及"南瓜多少钱？"），方向（"左转到警察局，右转到银行"）。

在大多数情况下，陌生人都很友好，为什么不呢，考虑到妹妹粉嘟嘟的脸颊、刚刚学会走路的样子，对一个五岁的孩子来说有点早熟，但仍然天真无邪，不至于让学校里的人取笑她的印花短袖丝绸衬衫，甚至也不会在闻到阿公为她打包的午餐盒里豆豉的味道时躲到一旁，而这本来是很有可能的。

谢谢妹妹，① 你唱。

谢谢妹妹，② 其他孩子唱。

内景　菲比的房间—早晨

菲比打开门，看到你站在那里。

---

①② 原文为普通话拼音。

菲比

爸爸!

功夫爸爸

菲比。

菲比

我好久没有见到你了。

功夫爸爸

我知道。对不起。

菲比

我问妈妈为什么我们不能去看你。她说你很忙。

功夫爸爸

我很想念你。

（环顾四周）

这地方和我想象的不一样。

她跳到你的怀里,飞快地拥抱了一下。

功夫爸爸

哎哟。你又重了。

（接下去）

时间都去哪里了?

凯伦（画外音）

你能来真是太好了，威尔。

凯伦出现在窗口。

功夫爸爸

凯伦——哇，我靠，你们看起来很棒。就真的很棒。

菲比

哎呀爸爸。你说了一句脏话。

童声合唱（画外音）

他说了一句脏话！

功夫爸爸

对不起。

　　（对孩子们说）

我不应该说那个词的。

凯伦

很高兴你这么说，威尔，尽管从哪方面来看都过奖了。

菲比领着唱歌的孩子们排成一列，为下一个节目做好准备。

功夫爸爸

（关于：菲比）

她现在就像一个大人了。她什么时候长这么大了？

凯伦

你要是出演儿童剧的话，时间就会过得飞快。

功夫爸爸

要消化的东西太多了。我才知道我的女儿是这么了不起的人。

凯伦

我们都学到了很多。但主要还是你。说到这一点：

（对着孩子们唱）

现在是学习时间！

功夫爸爸

我不想唱歌。

凯伦

学习时间是一个特殊的时间。

学习时间是——

功夫爸爸

不，说真的。

凯伦

学习是一件严肃的事情。努力跟上。你会搞定的。

菲比

那么，我们今天要学习什么呢？

功夫爸爸

我……不知道。我想我可以教你们一些功夫动作？

菲比笑了。凯伦看起来很担心。

菲比

哈哈，爸爸真傻，是不是？

凯伦

（面无表情）

他确实是。一个很傻很傻的人。

菲比

我喜欢功夫。不过我们通常会把体育活动留给我们的"动起来"环节！

凯伦

现在是我们学习歌曲和韵律的环节了，要有积极的主题，恒久忍耐，凡事包容。

孩子们（画外音）

耶！

菲比

还有文化、食物和词汇！

孩子们（画外音）

耶！耶！耶！

功夫爸爸

就告诉我一件事。在这个故事里，我们在一起吗？

凯伦

不，威尔。这是你的选择。

菲比

离婚是生活的一部分！

功夫爸爸

（对凯伦说）

他们在这个节目里讨论离婚？

凯伦

你应该多看一些儿童节目。

菲比

我有两对父母，他们都一样地爱我。现在我有
了两个家，而不是一个。

孩子们（画外音）

有时候大人需要做出艰难的选择！

凯伦

也许我们应该谈一谈。私底下。

功夫爸爸

我们有什么地方可以去吗？

内景　菲比的国度—大人谈话的场所

你偷偷地瞄了一眼窗外。一切正常。

凯伦

你就这么突然出现了？这么久没有音讯？

功夫爸爸

我想念你们。我是说她。菲比。

（关于：菲比的国度）

这是怎么回事？

凯伦

是你说你不想让她在单间廉租公寓长大的。

功夫爸爸

但是，这个地方？

凯伦

你失去了做决定的权利。

　　（接下去）

我这就让你去和女儿相处。如果你带她出去
玩，一定要给她涂防晒霜。

菲比发出低低的呜咽声。她紧张的时候就会这么做，微微地清
一下喉咙，几乎像短促的尖叫，通常是两声，有可能是四声，大多数

时候是两声。自我安慰。你低头看着你的女儿。

功夫爸爸

没留意到你在这里，宝贝儿。

菲比

没事的。

功夫爸爸

还有，很抱歉，我不是一个好爸爸。

菲比

不要紧。你尽力了。

功夫爸爸

你想玩点什么吗？

菲比

我们得撤到城堡里去！

菲比跑开了，这会儿她边跑边啜泣个不停，突然之间开始全力奔跑，大声哭泣。

功夫爸爸

城堡？

内景　城堡（又名菲比的壁橱）—白天

你跟随着她自言自语的声音，爬上一座塔楼，盘旋的楼梯越来越窄，直到你来到一扇门前，刚好够你爬过去。

门半开着，从里面的房间，你看到了菲比，在中间层。

菲比

（轻轻地，对自己说）

……我还要开个商店，卖我自己做的东西。我要画一本漫画书，我要卖它，要是我做了别的东西，我也要卖它。我要卖一美元的东西，要卖一百美元的东西，不过如果你没有钱，我就一分钱卖给你，你可以等有钱了给我这一分钱，我可以不要钱就卖给你，我可以给你一百美元。爸爸说他会帮我开商店……

她停下来，歇一口气。

菲比（继续）

他现在工作很忙，不过他又聪明又高大，等他周末结束工作后，我们就会动手开店。我们还要在商店里卖毛绒动物，如果你买了毛绒动物，我们就会捐出收益，帮助大象和犀牛这样因为它们的长牙和角而被杀害的动物。

观察她就好像翻检旧书信，那些东西你在三十年前就知道了，而从那以后你再也没有想过。如何感知，如何成为你自己。而不是如何表演，如何行动。如何存在。

你打量房间：图画，发圈，写给自己的字条。似乎包括了每一种毛绒动物和玩偶，真实的，想象的，像皇家剧院，在沿着墙壁的地板上排成一排。她的朋友，她的观众。她的旁白声。她似乎格外地机智，同时又格外地幼稚——她是怎样创造一个世界的，别具风格，角色和布景，人物和规则，真相和危险，全都挤在一个房间里。它是这么地小，又满当当，随时准备再多一点儿。这么亮堂堂，这么乱哄哄。这整个地方，里面的东西，都是因为她。

功夫爸爸

是你创造了这一切。

菲比

（害羞）

是的。

功夫爸爸

你是怎么做到的？

菲比

做到什么？

功夫爸爸

建造一座城堡。创造一个完整的世界。

菲比

噢。就像这样。

她展示给你看，尽其所有。小小的圆头儿童剪刀。零碎的布片。胶水，胶带，长尾夹，几根绳子。在一张张纸条上标注她的世界，仔细地写下每一样东西的名字，整齐的手写体撑满了纸面。

她停顿了一下。她是个体贴的孩子。在这方面做得比你更好。你已经可以看到变老的那一天，你成为下一个角色，你穿上老头的服装。你会笨手笨脚，感到未来正悄悄溜走，而她仍然年轻，每时每刻都在离你而去。

菲比

建造一座空中城堡，这事儿很简单的。你就去造好了。就好比造一个小小的梯子，然后你开始建造空中城堡。然后，你把梯子拆了。你的城堡就飘浮起来。

功夫爸爸

为什么你一开始需要梯子？

菲比

爸爸！

功夫爸爸

对不起。这是不是一个愚蠢的问题？

菲比

不会有愚蠢的问题。

孩子们（画外音）

不会有愚蠢的问题！

功夫爸爸

谢谢宝贝儿。谢谢，我无法看见的、神奇的
孩子们。

菲比

你不能就这么在空中建造。

功夫爸爸

对的。当然了。

菲比

它和任何东西都不相连。所以你造一座通向空
中的桥，然后你就可以把桥打断。不会有东西
掉下来。

功夫爸爸

很有道理。这很酷。

菲比

看，这是我在空中造的大猪脸。它是一头巨型
猪的巨大头颅，巨大巨大。

功夫爸爸

我喜欢这个。

菲比笑了。然后皱起眉头。

菲比

好吧，我玩够了。我现在想要画画。

功夫爸爸

我看着你画画。

菲比

我也不想再画画了。我只想和你坐在这里。

功夫爸爸

这也很好。

从你嘴里说出的话，你可以感觉到它们脱口而出，你是怎样柔
软起来，变成另外一个人。你在《黑与白》的世界里是一个小角色，
但此时此刻，在她的世界里，你要好得多。不是影片的主角，是更好
的。主角的爸爸。你何其幸运，最终能出现在她的故事里。

内景　菲比的房间—夜晚

事实上，她是一个怪小孩。就像你以前。就像你现在。引人注目的、绝对奇怪的怪人。和所有的孩子一样，在他们忘记如何恰如其分地表现他们到底有多奇怪之前，想做什么就做什么，简单纯粹。在懂事之前。在他们从别人那里学会怎么行为举止之前。在他们知道自己是亚洲人、黑色人种、棕色人种或白色人种之前。在他们彻底地了解他们是谁，知道他们永远无法成为的一切之前。

菲比

想知道我害怕什么吗？

功夫爸爸

当然。

菲比

我害怕五件事情。

功夫爸爸

只有五件吗？

菲比

五件很多了！

功夫爸爸

好吧，我们来听一听。

菲比

秘密通道。

功夫爸爸

这是一件。

菲比

醒来时一身汗。

被女巫吃掉。

功夫爸爸

第二和第三件。

菲比

一粒石子飞进你的眼睛。

功夫爸爸

这个不错啊。

菲比停了下来。

功夫爸爸

到目前为止我们总共只有四件。

菲比

我知道呀。

功夫爸爸

第五件是什么?

菲比

我不想说。

功夫爸爸

为什么不说呢? 说出来吧。我不会生气的。

菲比

好吧。

（接下去）

我爸爸快死了。

功夫爸爸

你不用担心。我很强壮。

她看着他, 有一点困惑。

菲比

每个人都会死, 爸爸。你会活到一百岁。你
一百岁, 然后就死了。

功夫爸爸

就这么定了。

她似乎很满意。眼下如此。

菲比

你能给我讲一个故事吗?

功夫爸爸

我不知道怎么讲故事。从来没有人要我讲故事。

菲比

你能试一试吗?

功夫爸爸

好的。我试试看。

（深呼吸）

从前有一个小女孩，她——

你停顿了一下。不知道接下去说什么好。

这是故事里的一个关键点。

接下来的那个词，无论你在这之后说什么，都将决定它的大部分情节，要么打开故事，就像一把钥匙插在一道锁里，锁在一扇门上，门通往一座宫殿，然而宫殿有太多房间，难以计数，许多门廊，许多楼梯，许多假墙，许多密道；要么接下来的那个词就是墙本身，一堵墙，两堵墙，渐渐迫近，限制住故事的走向。

你寻找合适的词，她小脸蛋上的紧张和期待随着每一毫秒的静默而增长，它就要脱口而出，你就要说出它，这时你的女儿转向你，说——

菲比

没关系的，爸爸。

功夫爸爸

怎么了？

菲比

嗯。我敢说你不想现在讲故事。

功夫爸爸

不，不，我有一个故事。开始吧。

菲比

等等！

她把自己紧紧地裹在毯子里，一直裹到脖子，所以她只露出一个头，两只忽闪忽闪的大眼睛。你审视她的容貌，从中看到你自己的影子，不过谢天谢地，更像是凯伦。

功夫爸爸

准备好了？

菲比

准备好了！

功夫爸爸

这个故事是说一个男人。

菲比

我喜欢这样的开头。

功夫爸爸

这个人，在他身上发生了一些很奇怪的事情。

菲比

我身上总是会发生奇怪的事情。昨天，我的两
个脚趾卡在一起整整一分钟。

功夫爸爸

这很奇怪。

菲比

非常奇怪。

功夫爸爸

它们现在好了吗？

菲比

我把它们解开了。

功夫爸爸

那就放心了。

菲比

爸爸?

功夫爸爸

嗯?

菲比

我有点困了。

于是孩子们开始唱起轻柔的歌,含糊不清的合唱的声音,听起来像一首摇篮曲。她睡着了,你看了她一会儿,轻抚她的脸颊。太阳完全落山了,你叫醒她,做每天晚上要做的事,跟随音乐的提示,在忙碌之中学习做父母,在必要时即兴发挥,从虚构的人物中得到帮助,从陌生的邻居那里寻求帮助,他们稀奇古怪、吹毛求疵,但最终还是帮了你。你的功夫在这里没有用。

取而代之的,是这个。一种梦想。她自己的卧室,她自己的床。她自己的庭院。楼下没有饭店,没有警笛,没有警察,没有死尸。没有腥臭的垃圾味道,没有霉菌覆盖的水槽,没有五种方言冲撞在一起的刺耳声音,承载过重的五感,凝固了一般从**内景 唐人街单间廉租公寓**阴湿的中央走道升起。取而代之的,是**菲比的国度**。在这个地方，没有普通的亚洲男人，胡子拉碴，发黄的内衣被汗水浸透；没有舞女／妓女；没有亚洲老头，他们带着难闻的口气，生出了老年斑，没完没了地沉浸在对以前的村庄、对艰难困苦以及他们是如何抵达这里的散漫回忆里。这些都没有。只有歌曲和鲜花和欢快而有节奏的音乐。她生活在这里，没有背负历史，对到来之前的一切全无所闻。你凭什么说这不是终点，这不是一直以来的目标，那些个铁路华工、鸦片烟馆的龙女郎、穿和服的女孩、打拼的移民、荣誉的死去的亚洲人、功夫大佬，不都是为了能**谢谢妹妹**① 吗？为了这个同化的梦想，一个终于实现的梦，一个真正的美国女孩。

内景　菲比的房间—夜晚

你照着吃饭时间来，你照着睡觉时间来。没有功夫。只有意大利面，还有西兰花。睡衣和故事。牙刷。牙线。撒尿。一杯水。喂你的鱼。好的。好的。亲一亲。等等！什么？你没有亲狮子宝宝。狮子宝宝在哪里？我不知道。哦快点。在这里。好啊，我亲了它。还有仓鼠狗。还有仓鼠狗。全都给亲过了。好的。晚安晚安。别说话了。我没有说话。别自言自语。菲比，真的，别再。她洗脸，小小的胖乎乎的手，握着肥皂。用她软乎乎的宝宝的小手擦擦脸颊，擦擦前额。这似曾相识，马上你就想到了。这是你洗脸的样子。她一直在观察你。学习。牙刷。牙线。撒尿。一杯水。喂你的鱼。亲狮子宝宝。亲仓鼠狗。亲亲，亲亲。终于，在感觉像是几个月都没有停歇之后，月亮出来了，月亮的脸又古怪又甜蜜。太阳闭上眼睛，

---

① 原文为普通话拼音。

沉到了画出来的地平线下面，而菲比，还有菲比的国度里其余的生灵们，进入了梦乡。

内景　菲比的国度—夜晚

你醒着躺在床上，透过一扇小小的打开的窗户凝视一轮蓝色满月[①]，还有一张傻乎乎的脸。这就是梦想。一份过得去的工作。生活与工作的某种表面上的平衡。像白人那样说话。不用太像。戴隐形眼镜。微笑。他们会认为你很聪明。你说得越少越好。尽力呈现：负责任的，没有危害的。某种毫无威胁的颜色稍稍洒落其中。这就是梦想，一个融入其中的梦想。一个从普通的亚洲男人变成只是平平常常的普通男人的梦想。定居下来。留在这里。但你不可能永远留在这里。这不是真的。这只是另一个角色。你不能够，你不能够，你不能够。你能吗？

你走到窗边，偷偷往外看。

凯伦

都还好吗？

菲比

警察？

---

① 蓝色满月（full blue moon），天文历法中的一种特殊天象，指一个月内出现的第二次满月。由于这种天象较为难得，平均2.4个月才出现一次，喻指"罕见、不常发生的事情"。

功夫爸爸

别害怕。他们是来找我的。

菲比

我好害怕。

功夫爸爸

我准备好了。我一直在等这一刻。

警笛停了。一个声音从喇叭中响起,你认得这声音。

特纳

举起双手,出来。

菲比

爸爸不要。不。不。

格林

投降吧,没有人会受到伤害。

菲比

你要去看守所了吗,爸爸?

（对凯伦说）

爸爸要去看守所吗?

凯伦

不，亲爱的。爸爸要去监狱。

功夫爸爸

没事的，宝贝儿。这是好事。

菲比

坐牢是好事情吗？

孩子们（画外音）

坐牢一般不是好事情！

功夫爸爸

在这种情况下是的。

凯伦

我不明白。他们是怎么到这儿来找你的？

功夫爸爸

我可能偷了特纳的车。

凯伦

他们追踪了那辆车。

她笑了。你也笑了。

凯伦

你想让他们找到你。

功夫爸爸

我想让他们找到我们。

亚洲人失踪案

呈堂证据 A
美国法律

1859 年　俄勒冈州修订宪法：任何"华人"不得在该州拥有财产。

1879 年　加利福尼亚州修订宪法：外籍人土地所有权仅限于"白种人或非洲人后裔"。

1882 年　5 月 6 日，美国（联邦）《排华法案》(Chinese Exclusion Act) 由切斯特·A. 阿瑟（Chester A. Arthur）总统签署成为法律，禁止所有华人劳工移民，这是第一部禁止特定族裔或国籍的全体成员移民美国的法律。

1886 年　华盛顿地区宪法禁止没有公民资格的外国人拥有财产。

1890 年　在旧金山市区，《宾厄姆条例》(Bingham Ordinance) 禁止华人（无论是否为美国公民）在旧金山工作或居住，除非是在"一块为所有华人划定的区域"内，从而创造了一个字面上的、法律定义上的贫民区。

1892 年　美国（联邦）《吉尔里法案》(Geary Act) 要求所有在美国的华人居民携带许可证，(在任何时候) 未携带该许可证将被施以驱逐出境或强制劳动一年的惩罚。此外，华人不得在法庭上作证。

1920 年　美国（联邦）《凯布尔法案》(Cable Act) 规定，任何"与没有资格成为公民的外国人结婚的美国妇女将不再是美国公民"。

1924年　美国（联邦）《1924年移民法案》(Immigration Act of 1924)，也被称为《约翰逊－里德法案》(Johnson-Reed Act)，通过来源国名额分配来限制允许进入美国的移民人数。**该法案完全禁止来自亚洲的移民。**

内景　法庭

你坐在被告的桌子这边，穿着你唯一的西装。你结婚时穿的那一套。还很合身，相差不多。

你的律师走了进来。是师兄。

你

啊？

师兄

嗨，威尔。你练得不错嘛？

你站了起来，和他握手。师兄拉住你给了个拥抱。

你

你到哪儿去了？

师兄

问真的啊？

你

对啊。

师兄

法学院。

你

噢。对哦。

师兄

他还好吗？

你

师父？

师兄

他需要钱吗？

你

没有。我是说，是的。不过算了。

师兄

所有的那些角色。从来没有一个故事是给他的。

你

可你就是那个故事。本该如此的。

师兄

我知道那是每个人都想要的。一个功夫英雄。
但我不能。

你

我觉得我开始明白你的意思了。

师兄

我从未离开。不是真正的。不是那种看得到的
方式，而是在里面。在我的心里。如今，我的
另一部分在一个不一样的地方。**唐人街内部**不
再是整个世界了。我只能用自己的方式离开。
就像你曾经尝试的那样。

一扇门打开了。旁听席上一阵骚动。律师们整理文件。法官步
入法庭，逼视着你。

格林和特纳在第一排，就在你后面，准备为检方作证。法官对
他们微笑。

法警

全体起立。案件编号 47311，人民诉吴案。

（接下去）

亚洲人失踪案。

你

嗨。

师兄

好啊。

你

你在法学院学得还好吧?

师兄

认真的? 拜托, 威利斯。

（迷人的微笑一闪而过）

我以前可是法律评论的主编。还是说你忘记了

我是谁啦?

法官

检方将传唤第一位证人。

这位地区助理检察官, 才华横溢, 咄咄逼人, 还有一头令人赞叹的头发, 红棕色还是栗色, 身穿笔挺的海军蓝长裤套装, 显得十分性感, 就好像她是从一个为海军蓝长裤套装拍摄的广告里走出来的。她站起来, 走向证人席。师兄也站了起来。

师兄

反对。

法官

反对什么?

师兄

法官阁下, 我们反对这一切。这整个事情。这

模拟庭审。整个司法系统都不利于我的当事人。

法官

那我就直言不讳了。你向法庭，也向作为仲裁
者的我提出反对，是对你正在提出反对的机构
的合法性的反对。

师兄

你这么说的话听起来确实有点傻。

检方

检方陈述完毕，法官阁下。

法官

你不能结束。你还没有提呈证据。

检方

基于目前的局面，我们感觉胜算很大。

法官

已知晓。然而，根据法律，你有举证的责任。
你必须提出一些证据。

检方

呃。好吧。检方传唤迈尔斯·特纳出庭作证。

特纳穿了一套深灰色的西装，极浅的细条纹，勾勒出他强壮的
身材。他站到了证人席上，几次咬了咬牙关。法警都快被迷晕了。

检方（继续）

告知你的名字和职衔。

特纳

迈尔斯·特纳警探。

他的胸肌在衬衫下面一起一伏。不情愿？有可能。

检方

警探，你一直在调查亚洲人失踪案，对吗？

特纳

没错。

检方

在那段时间里，你有机会观察吴先生。

特纳

我有机会观察到他是一个小混混。

师兄

法官阁下，拜托。

法官

（对特纳说）

警探，我要提醒你保持你言辞的专业，更重要的是，与当下的事情相关。

特纳

好吧。他不是个小混混。他是个窝囊废。

师兄

反对。

检方

你只会这一招吗？我猜你在法学院的"反对"课的成绩是优等。

师兄

（对法官说）

我认为我的当事人是个窝囊废与此无关。

你

能不能别再叫我窝囊废了？

检方

法官阁下，我将证明其中的关联，只要辩方律师停止反对。

法官

好吧，我同意。仅限于此。不过你最好快点进入正题。

（接下去）

这是一套漂亮的长裤套装。

检方

（咯咯地笑）

谢谢你，法官阁下。

师兄

（压低嗓门）

糟了。

你

你为什么说"糟了"？

检方

那么，警探，你对吴先生性格的观察，与案件有何关联？

特纳

他把自卑感刻到了骨子里。很明显是对白人的自卑，但他对黑人也自卑。他意识到这一点了吗？

暂停。静场。法庭上所有人的视线都转向了你。

特纳

他认为自己不能参与这一关于种族的对话，因为亚洲人不像黑人那样受到迫害。

（对你说）

你就不需要对自己的境遇承担一些责任吗？你就把我们归入这样的类别？黑与白？我的意思是，拜托？你以为你是唯一被困住的人吗？

你的双颊发红，你的双脚开始抖动。

检方
谢谢你，警探。没有其他问题了。检方传唤莎拉·格林警探出庭作证。

格林站上了证人席。检察官向她抛了个媚眼。

格林
莎拉·格林警探，隶属于不可能重案组。

检方
噢，我知道你是谁，格林警探。

师兄
反对，法官阁下。

法官
现在又怎么了？

师兄

法庭上有太多的冲突关系。而这里太撩骚了。

法官

所以这里的问题是？

师兄

首先，这可能会影响格林警探的证词。

法官往后靠，考虑了一下。

法官

唔。我同意。

师兄

（对你说）

我们可能搞砸了。

你

我还以为你是一个好律师。你应该坚持练功夫的。

检方

警探，我只有一个问题要问你。

格林

悉听尊便。

检方

你今晚的晚餐有什么安排?

师兄

好吧,这是,这是,我都不知道这是在做什么。我请求立即判决无效。

法官

别再哗众取宠了。那种东西只在电视上管用。

格林

我能说几句吗?

法官

当然可以。你想怎么做都行。你愿意上来和我一起坐吗?坐在法官的椅子上?

师兄

这是绝对不允许的。这简直荒唐。

格林

(对你说)

你在寻求什么?你以为只有你们是看不见的人吗?

怎么看待这些:

老年妇女

普通的老年人

肥胖的人

不符合西方传统审美标准的人

黑人女性

职场中的普通女性

你确定你不是在寻求你认为有权得到的东西
吗？这难道不是一种自恋吗？

（接下去）

你确定你不是在要求被当作白人来对待吗？

师兄

他要求像对待美国人一样对待他。一个真正的
美国人。因为，实话实说，当你想到美国人的
时候，你看到的是什么颜色？白的？黑的？

（戏剧性的停顿）

我们来到这里已经有两百年了。第一批中国人
在 1815 年抵达。德国人、荷兰人、爱尔兰人
和意大利人是在 20 世纪之交的时候来的。他
们是美国人。

（指着自己）

为什么这张脸不像美国人？

是因为我们把故事搞得太复杂吗？是因为我们
还没有搞清楚是怎么回事。不管这是悲剧还是
喜剧还是介乎两者之间。如果我们还没有破解
出隐藏在这张脸里面的密码，那么我们又怎么
能够向别人解释呢？

检方

反对。谁在乎这个?

法官

反对有效。

师兄

我能提个问题吗?

法官

问吧。

师兄

这是亚洲人失踪案，对吗?

法官

是的。你想说什么?

师兄

如果我就是那个失踪的亚洲人，现在我回来了，站在这里，显然安然无恙，而且对于我的去向——在哈佛法学院——有一个清晰合理的解释，那么我的当事人为什么还要受审呢?

检方

（站起来）

还有一个人失踪了。

师兄

谁？

法官

（指着你）

你。

你

我因为自己的失踪而受审？

师兄

欢迎来到《黑与白》。

你

我是嫌疑人吗？还是受害者？

法官

这就是我们要在此决定的。检方可以传唤下一位证人。

检方

检方陈述完毕，法官阁下。

法庭上一片哗然。不祥的音乐响起。

法官

很好。继续。辩方传唤第一位证人。

师兄看着你。

师兄

你准备好了吗?

你

我准备好了。再说,我真的有选择吗?

师兄

你确实擅长功夫。而我也还能打。我们可以就
从这里一路踢打出去。

你

让我们管这叫 B 计划吧。

师兄

辩方传唤证人威利斯·吴,曾用名**普通的亚洲
男人丙 / 快递员**,曾用名**普通的亚洲男人乙**,
曾用名**功夫大佬**,曾用名**功夫爸爸**。

你穿过房间时,朝旁听席看过去,人潮增加了两倍,这会儿
已经漫延到了走廊里。似乎单间廉租公寓里的所有人都来到了
这里。

师兄

告知你的名字。

你

戚利斯·吴。

师兄

吴先生，你们的自卑感已经刻到了骨子里，这
是真的吗？

你

什么？

师兄

那是因为一方面，由于显而易见的原因，你们
并没有，也永远不可能完全融入主流，也就是
美国白人——

你

伙计，你在说什么？

师兄

另外一方面，宣布和其他的在历史上以及在当
下受到压迫的群体站在一起，你们也感觉不那
么理直气壮。尽管你们这个群体在美国经历了
包括个人和制度层面的种族歧视，包括但不限

于：移民配额，确实存在的联邦立法，明确地禁止像你们这样的人进入美国。这一法律实施了将近一个世纪之久。反对异族通婚的法律。歧视性的住房政策。外籍人土地法和限制性公约。包括拘留在内的对公民自由的侵犯。尽管有这种种情形，但就因为它并不包括美国的原罪——奴隶制，你们还是觉得你们所受到的压迫，永远不能累积成某种对等的东西。对你们祖先所犯下的错误在量级上与对美国黑人所犯下的是不能相提并论的。无论定量与否，无论准确与否，由于这一切，你多多少少地感觉到——出于羞愧，也因为尴尬——你甚至不太能用语言来表达。你的抱怨必须经过恰如其分的校准，要言之凿凿，要不多不少，必须与你们的人民所遭受的总体痛苦成比例。

（接下去）

你们受到的压迫是次等的。

你

你是站在哪一边的？

法官

这个问题很到位，律师。

师兄

法官阁下，我正在为我的当事人辩护，基于他特殊的困境。

法官

这是一种什么样的困境?

师兄

一个无论从哪个角度都无法被看到的人。他的案件无法被这个法庭正确地对待,因为这个法庭的规则和假定都是基于特定的辩证逻辑的。一个其故事永远不能融入《黑与白》的人。

(接下去)

你们推理中的错误是建立在这个前提上的——把黑人的经验当作亚洲移民的模型就必然会导致这样的结果。一切都是基于类比,基于对照,基于某种一定之规。

但是亚洲人在美国的经历并不仅仅是黑人经历的缩小版或低配版。他应当塑造自己的经验和意识,而不是借鉴他人的。

(接下去)

我想提请法庭注意"人民诉霍尔"① 一案。

---

① 1854 年, 一名华人作证美国自由白人乔治·W. 霍尔 (George W. Hall) 犯下谋杀罪, 但加州高院因其身份而裁定作证无效。

加利福尼亚州最高法院（1854 年）

人民诉霍尔案

加州高院的 H. C. 默里（Hugh C. Murray）裁定，1850 年 4 月 16 日颁布的法案第 14 条禁止"黑人或印第安人"为支持或反对白人而作证，同样适用于中国人，中国人在法律上是印第安人，因为这两个群体都是同一支亚洲祖先的后代。

加利福尼亚州最高法院的法官 H. C. 默里的意见：

> 哥伦布第一次登上这块大陆的海岸时……

> 他误以为他已经完成了远征的目标，而圣萨尔瓦多岛是中国海上靠近印度一端的几个岛屿之一……

> 根据这一猜想，他给岛上的居民起名为印第安人。从那时候起……

> 美洲印第安人和蒙古人或亚洲人被视为同一个类型的人种。

师兄

默里在这里的推断之强词夺理令人震惊。用这种方式对"亚洲人"进行分类，以此证明可以把他们归并入"黑人和印第安人"的这一条款（以剥夺他们指证白人的权利），其合法性是基

于几百年前某个特定的历史时刻上某个人（克
里斯托弗·哥伦布）主观的心理状态，而他恰
好在那个时刻就自己在地球上漂流到了什么地
方错得荒谬绝伦；因而，一个航海上的对世界
本身的误会竟变成了一个具备法律约束力的分
类的正当理由。

法官

从根本上说，这是一个错误。

师兄

没错。换句话说，因为 1492 年哥伦布对自己
身在何处毫无头绪，中国人就该拥有和黑人一
样的权利，也就是说，没有权利。就算不提这
很可能是虚构的吧——即使从表面上来认真对
待这个论点，其效应也是我们用法律的力量编
纂了一个分类：黑人和亚洲人，把他们区隔开
了（因为很明显，创造了另一个全新的非白人
的分类）。第二个影响，是它还编纂了一个分
类，把亚洲人隔绝在黑人之外。
低人一等，但还是与黑人被认为低人一等的方
式不同。

　　这时法官身体向前倾，倾听。格林和特纳，甚至检方，也是如
此。师兄吸引了他们的注意力。旁听席上有人叫好，你告诉他们，是
师兄。

法官

秩序。我的法庭要保持秩序。

师兄

不知道为什么，在这两百年间，每一波浪潮，
每一船新载的亚洲人，对这一片土地还是像最
初那么新鲜，那么陌生。

（接下去）

就是这样。这一切的根源。黄种人在美国的真
实历史——两百年来一直都是外国人。

师兄停了下来，喝了一口水。一点都不慌忙。和以前一样酷。
与此相反，你的心怦怦地跳动，太剧烈了，你觉得隔着衬衫都能看
出来。大家都在想什么？他怎么能在公开的法庭上，在黑与白面前，
在美国司法系统面前，说出这一切？还没有——没有人把他赶出去。
还没。

师兄（继续）

他们给我们划定区域，把我们和其他所有人隔离
开来。把我们困在里面。切断了我们和家族、历
史的联系。所以我们把它变成了我们自己的地
方。唐人街。一个保护区，一块自我保护之地。
给他们在他们看来是正确的东西，是安全的东
西。让它符合他们对外面世界的想象。别去威
胁他们。唐人街，以及事实上的中国人，从一
开始就是，而且一直是一种建筑，一种特征、

姿态、文化和异国情调的表演。是一种发明，是一种再造，是一种程式化。把这部剧搞得明明白白，找准我们在里面的位置，成为布景，成为没有台词的演员，就在背景里。搞清楚你能说什么。最重要的是，试着绝不，永远不要去冒犯别人。要观察主流，找出他们对自己讲的是什么样的故事，在里面寻一个小角色。吸引人的，可接受的，成为他们想看到的样子。

（接下去）

我的当事人是这个系统的一部分。他既是受害者，也是嫌疑犯，他杀死了数不清的亚洲人。

（旁听席上传来倒抽气的声音）

杀了他们，然后，等上六个星期，再次成为他们，就好像什么都没有发生，就好像他没有回忆，也没有悔恨。他任其发生，任由自己变得普通，以至于没有人能说清楚到底发生了什么。他有罪，法官阁下，陪审团的女士们和先生们。他有罪，是因为他想要成为某样东西的一分子，而这种东西根本不想要他。

（停顿一拍）

辩方陈述完毕。

静场。然后：掌声。每个人都在吼三喝四的，就像是赌场、卡拉 OK 之夜和单间廉租公寓的派对在同时进行——刺耳的大笑，直白的情绪。有人说出来了。有人站了出来，说出了那些该死的话，那些我们从没说过，甚至都不知道该怎么说的话。终究，来救人的师兄完成了他的使命，凭借的是他的嘴和大脑，而不是他的手和脚。

你回头，想看看师父是否在法庭上。你看到了亚洲老妇人。不过你没有看到他。他在哪里？

法官

法庭现在休庭，陪审团进行审议。

陪审团鱼贯而出。

格林和特纳走近你们的桌子。

特纳

（对师兄说）

你应当来为地区检察官工作。

师兄

谢谢。不过我还过得去。

格林

祝你好运，威利斯。

当法庭上终于空无一人时，你转向了师兄。

你

哇。

师兄

你对你的代理人满意吗？

你

我是说，是的。你谈论历史的方式，还有所有
这一切。

师兄

你不理解我刚才在说什么，对吗？

你

完全不懂。真的没有头绪。

师兄大笑。真高兴看到他露出笑容。

你（继续）

仅仅是你站在那里，在这幢大楼里，在美国的
法庭上，并且为我的案子辩护。

师兄

我们的案子。我希望这辩护够有用。

他走到外面的自动售货机前，给你俩每人买了一罐苏打水。

师兄

敬我们在法庭上的一天。

你大口大口地喝水，这时才意识到你有多么紧张。耳朵还在嗡嗡作响，心脏还在怦怦狂跳。

陪审团已经快要回来了。每个人都急忙回到法庭听取判决。陪审员们鱼贯而入。首席陪审员走上前来。

你

（小声地）

好像有点快。

师兄

是的。

你

这说明了什么？

师兄

我不知道。

你

这通常意味着什么？

师兄

我认为这无关紧要。我以前从来没有给自我监禁的人辩护过。我想我们会知道答案的。

法官

首席陪审员即将宣读判决结果。

女首席陪审员

法官阁下，就**人民诉吴一案**（吴，又名普通的
亚洲男子），我们人民陪审团裁定被告：
罪名成立。

师兄

这简直荒谬至极。

法庭顿时陷入一片混乱。法官敲了敲法槌，毫无作用。法警把
手放到了他的枪上。

法官

秩序！秩序！所有人！保持肃静，否则我就判
你们藐视法庭。
　　（接下去，对你说）
在我宣判之前，你有什么要为自己辩护的吗，
吴先生？

你看向师兄。他点点头。
你站起来，面对公诉人、特纳和格林、法官，最重要的是，所
有聚集在旁听席上的观众。坦率地说，你们所有人，都在一起受审。
普通的亚洲男人。

你

从我还是一个孩子的时候起，我就梦想成为功夫大佬。

（接下去）

伙计，我的嗓子又干了。我需要水。我能喝点水吗？

特纳走过来，递给你一瓶水。

你

谢谢。

（你喝完了一整瓶子的水）

从我还是一个孩子的时候起，我就梦想成为功夫大佬。这些年以来，我一直在练功夫，梦想着明天，梦想着下一天，梦想着终会到来的那一天。然后有一天，终于——在等待了几十年之后，在无数个夜晚里，盯着天花板看，盯着我那张李小龙的海报看，脑海里回响着师父的话——在这之后，我终于得到了镜头。当我成功的时候，你知道吗？我在想：我不知我为什么如此不顾一切地想要这个。

旁听席上传来窃窃私语。普通的亚洲男人们看起来很困惑。卓家人也是，和尚、舞女、皇上，还有所有的亚洲黑帮，都是如此。

特纳

他们利用了你们这些家伙。用来对付我们。也
对付你们自己。

师兄似乎理解了，点着头。亚洲老妇人也是——她的眼睛发亮。
你终于懂了。她看到了这一点。你终于明白了她那时候的意思。

你

功夫大佬只是普通的亚洲男人的另外一种样子。

你以前从未真正地表演过独白。灯光暗了下去，除了你顶上的
那一盏。那盏灯，就在你的顶上，光恰到好处地打在你的身上。

你（继续）

（深呼吸）

我们都是一样的。不是吗？普通的亚洲男人。
眼下我或许是功夫大佬，但我和你们所有人一
样清楚，这只是比他妈的啥都不是好上一星半
点，而我只要讲错一句台词，就又会降级回到
背景人群里。做普通的亚洲男人太糟糕了。

传来了几声赞同的嘟哝声。

你（继续）

但另一方面，我也有罪。罪在扮演这个角色，
任由它定义了我。把这个角色完完全全地刻到

骨子里，让我忘记了现实从哪里开始，表演又从何处起头。任由它定义了我如何看待别人。我和其他人一样有罪。迷恋黑人和他们的酷劲儿。浪漫地想象白人女性。希望自己是一个白人男性。把自己归入这一类。

你在旁听席上发现了凯伦的视线。

你（继续）

把我们摆在所有人的下面，我们正在以此建立一种自我防御的机制，避免真正的冲突。想象没有人要我们，想象所有人都和我们截然不同，我们正在以自己的角度为先。

（环顾人群）

看看在这里的你们。还有我们在那儿的弄潮儿……我们跳霹雳舞的男孩们。头发蓬蓬松松搞情绪摇滚的家伙们。干干净净鬓角薄削开低趴改装车的男人们。有文身的，没有文身的。各种各样的美国亚裔男性。我们大多数人身高在五英尺六英寸到五英尺十一英寸①之间。在某种程度上……我们确实有共同之处。在中学时都玩过任天堂和《龙与地下城》。我们的妈妈做同样的食物，炸萝卜糕，炸芋头糕，蘸一抹辣酱，蘸一点酱油。吃点心的时间。我们的

---

① 约 1.68 米到 1.80 米。

房子里有同样的味道，同样令人尴尬的成堆杂物，该死的乌七八糟的亚洲调调，混合着塑料玩具、不要钱的蹩脚货和杂七杂八的家具还有装饰……

传来了几声嗯哪嗯哪的声音，现在大家都深以为然。

你（继续）

……还有劣质的地毯，风格太多样了，因为这一切就等于是没有风格，因为装饰并不是我们的父母关心或负担得起的东西。配套的枕头什么的，那是白人用的。我们的东西是实用的，就好比桌子是你用来吃饭或写作业的。取得好成绩，在课外全面发展，进入常春藤私校或者好的州立大学，然后再以出色的绩点毕业，然后你来到这里，发现你的身份是……亚洲男人。但是你，或者你，或者我们中的任何一个人，有多少次想过，我是一个亚洲人？几乎没有。除非有人提醒你。有人在酒吧撞到你，还嘟哝了一句。又或者你无意中听到别人闲聊，其中有个人说，噢，你的亚洲朋友某某。在那一刻，我们又都变得一样了。我们所有人都轰然而倒，变了一个人，普通的亚洲男人。

（接下去）

我想说的是，我们不是普通的亚洲男人。我是说，看看我们吧。我们看起来很可笑。全都装作一模一样的。但我们并不是。

（对人群中的男人指指点点）

蔡，你知道我在说什么。冯。还有你，你肯定
晓得我的意思，对吗，**卡尔**？

不是卡尔

我不是卡尔。

你

对不起。你懂我的意思。

不是卡尔

我懂。不过，我想要你知道我的名字。我们一
起上的初中。

你

抱歉，伙计。我的意思是，我正在看着你们所
有人。还有我的父母，我们的长辈，我的朋友。

（接下去）

我的女儿。

亚洲老妇人看着你，然后看着菲比，还有凯伦。

你

我正在看着我的妻子。前妻。但也许会变成前
"前妻"？

凯伦看着你，她笑了。又皱了一下眉。然后又微微地笑了。

凯伦

你有点不知所云了，威尔。

你

对的。谢谢。

凯伦

不过我爱你。

你（继续）

我只想对你们说一件事。事实是，我有罪。这是我的错。问题不在于那个亚洲人在哪里失踪吧？

问题是：为什么亚洲人总是死？

因为我们不适合。在这个故事里。如果有人在大街上给你们看我的照片，你们会怎么形容？

你们可能会说，一个**亚洲小年轻**。**亚洲小伙子**。**亚洲男人**。

你们中有几个人会说：这是一个美国人？

是什么让一个亚洲男人这么难以被同化？

旁听席上传来咕哝声。

你（继续）

为什么他在《黑与白》里没有角色？

问题在于：

谁能成为美国人？美国人是什么样子的？

我们作为客串明星被困在小小的贫民区，就在
某一集特别的剧集里。禁锢在一个微不足道
的角色里，而这个故事并不晓得该拿我们怎么
办。在这里待了两个世纪，为什么我们还不是
美国人？为什么我们还是被排除在故事之外？

更多的咕哝声。几声嗯哪嗯哪的声音。一声"太他妈的对了"。

你（继续）

我一生中的大部分时间都被困住了。就在唐人
街内部。我从中突围，成了功夫爸爸。但那只
是另外一个角色。比我演过的任何一个角色都
要好，但仍然是一个角色。我不能再一遍遍地
做这同一件事情了。我爸爸就是这么做的。这
又给他带来了什么？他是一个真正的大师，一
个武功出神入化的人。他的人生又是怎样的

呢？你们从来没有意识到他的能耐。他是谁。

你们从来没有让他有过名字。

所以我们该怎么办？

你看了看师兄。

旁听席上这会儿沸反盈天。愤怒的亚洲人。法官敲着法槌，秩序秩序，但没有人听。就要爆发了。

师兄

B 计划？

你

B 计划。

音乐响起来。十来个警察破门而入，三个从前面来，一个从后面来，还有一个从楼上来。你摆好站姿。师兄就在你身旁。来吧，你说。来抓吧。你们打退了第一波，一群行动笨拙的低级警察，不过接着又来了另外一波。然后是再一波。特警队来了。现在所有普通的亚洲男人都加入了进来。这是一场混战。在所有的动作中，你意识到了这一点：师父告诉你的一件事。就一件事。一天只做一件事。一次只做一件事。一切都慢了下来，音乐渐渐消失，只有呼吸声。你的呼吸，皮肤击打皮肤的声音，皮肤挤压骨头的声音，咔嚓的折裂声，噼啪的拍击声。你的功夫无拘无束，行云流水，这么多年来从未达到的水平。上挡，侧步，重拳，侧踢，下挡，下挡。腾跃，扫清反攻，前推挺进，**空中劈腿**，一下子踢中了两个家伙，踢在一个人的脸上，踢中一个人的喉咙，谁做到的？你可以像这样地腾跃，落地，头也不回地反踢，那家伙给踢倒在地，发出黏糊糊的闷声，就好像他是一具酒囊饭袋。你的脚直指踢打的方向，力量迸射，你到底是谁？这可不是中等或者中等以上的功夫，甚至也不是就要够到优等的功夫。在地面上六英尺之高，在空中翻筋斗，一路打旋，水平旋转，倾斜旋转，360度旋转，720度旋转，1080度旋转。地心引力在等待。你又回到了五岁，你在和全世界战斗，你妈妈在地面，而你在云端，功夫小子。你跳跃，你旋转，你的腿劈开虚空，把世界一分为二。一波又一波，又来一波，直到你打无可打。你心无旁骛，你全力以赴，直到最后的那一刻，你听到枪声响起。

内景　金宫中国饭店—夜晚

功夫大佬死了。

格林

他死了。

特纳

看起来是这样。

黑人警察和白人警察查看俯卧的亚洲男性身体，上面半盖着一张床单。

一位犯罪现场调查员用拭子采集东西。另一位测量一摊干涸的血液的半径和喷射模式。

格林
（注视着死去的中国人）

我们从哪里着手？

特纳

是家庭纠纷吧，也许。某种文化上的东西。

你睁开一只眼睛，偷偷往上看黑人和白人。

"嗨。"特纳说。不是剧本上的。

"我不能再这样了。"你说。

特纳笑了。"是啊，伙计，我知道。"

"回头见，吴。"格林说，一边把你拉了起来，一个死去的人现在自由了，"说不定以后还能再合作。"

你闭上眼睛。

"嗨。"

你睁开眼睛，看见了凯伦。她的头发很好闻。她吻了你。

"现在怎么办？"她说。

"我想要和我们的孩子待在一起。"菲比猛地扑了过来，撞得你岔了气。"你赢了吗？"她问。

"没有，"你说，"我输了。"

"你死了吗？"

"是的。不对。我不是很确定。"

"那现在你是谁？你还是功夫大佬吗？"

"不是了，"你说，"我是你的爸爸。"

"功夫爸爸？"

"只是爸爸。"

"噢，"她说，"这很好。"她把头埋进你的怀里。你身体的这边有点湿了。

"不要哭。"你说。

"但是我想哭。"

"好吧。哭吧。"

黑与白要离开这里了。警察全都列队而出。这个地方一团糟。

你看见亚洲老妇人在和凯伦说话。糟了。她们一起过来了。

"我们只是在聊天。"你母亲说。

"这可不太妙。"你说。

亚洲老妇人转向你。她脸上是那种表情。有点像隐秘的自豪感。又有点像甘苦参半的苦恼。都有一点。

"你以前经常从墙上往下跳，就像一只猴子，"她问，"你管自己叫什么？"

"功夫小子。"你说。凯伦大笑。

亚洲老妇人闭上了眼睛。

"威利斯，你总是对每一件事都拼尽全力，"她说，"我大概是错了，"她又说，"总是跟你说要更好。"

"我只是想让你和爸高兴。"

"我很高兴。和你一起用晚餐。你胖乎乎的小手，捧着碗。"你拥抱她，亲吻她的头顶。闻起来跟以前一样。你不是功夫大佬。你是威利斯·吴，是爸爸。也许是丈夫。你当爸爸的技巧是中等水平，运气好的时候是中等以上。不过你一直在练习。你念着台词。拿着你能得到的。试着建立一种生活。有时候，好事降临。大多数时候，一事无成。有时候，你有台词可念。大多数时候，你无话可说。一种在边缘的生活。全是鸡零狗碎。

所有的亚洲老年人，走来走去，站在周围。没有表演。没有情节。没有世界。只是一些角色。金宫饭店已经拆除。天空高远。**外景唐人街。**

片尾彩蛋

迈尔斯·特纳离开警队，去了哈佛医学院。他如今是一名外科医生。

莎拉·格林开始了她的歌唱生涯。她还兼职做私家侦探。

格林和特纳开始和别人约会，但他们仍然是朋友。有时候不只是朋友。

呈堂证据 B
美国法律第二部分

1943 年　《排华法案》为《马格努森法案》（*Magnuson Act*）所废止，美国华人被赋予成为入籍公民的权利，但在美华裔仍被禁止拥有财产或企业。华人移民的配额被设定为每年 105 人。

1965 年　第 89 届美国国会通过了《移民和国籍法案》（《哈特—塞勒法案》）[*Immigration and Nationality Act* (*Hart-Celler Act*)]，并由林登·B. 约翰逊（Lyndon B. Johnson）总统签署成为法律。该法案废除了自 1921 年以来一直是美国移民政策基础的来源国名额分配方案。

唐人街就像凤凰一样，它从灰烬中重生，有一个新的门面，由一位在美国出生的华人设想，由白人建筑师建造，看上去就像舞台布景里的中国，其实并不存在。

——胡垣坤
（Philip Choy）

外景　唐人街

吴明晨

一天深夜，你看到他在厨房里。还有菲比，他们俩一起坐在翻倒过来的塑料箱子上，笑着。他穿着他那件上个世纪70年代的衬衫。时间太久，它过时了，又流行了，然后又过时了。就快要够得着第二次流行了。他以前就比你英俊，现在也是。他八十多岁，头发又厚又黑又直，往后梳，再往左边偏分，干干净净。他第一次知道美国人怎么打理这个发型，是看的老胶片电影，就在台湾中部，他那个家如今已是历史剧里遥远而又黯淡的回忆了。

这个异乡人，是你的父亲。师父还在里面。时隐时现。他的眼里透出的智性晦暗又昏蒙——他正在慢慢陷入内心的深渊。他的眼睛几乎有点湿润。你们两个人之间的深渊。彼此之间永远的外星人。他在那里度过了多少个清晨和深夜。**内景　金宫饭店**。他多半见过这里被重新调整、重新改造，同样的不牢靠的墙壁，有一百个不同的故事，有五百个故事。同样的局促的空间。这个地方保存得就像是在琥珀之中。像是一座博物馆，展示某一段时空，一直存在，又从未存在过。一间牢房，受苦之地，一个门厅，是接待室，也是等候室。它在美国，但又不那么美国。某种地理上的戏法。这个故事不需要变化，不需要发展。因为它从未存在过。如果不存在的话，会更好。一座没有舞台的晚餐剧院。上演同样的老套乏味的滑稽小品，筷子和龙的传人，家庭和责任，父亲和儿子。你想知道它是否会改变。你那个时候不明白的事情，你现在懂了。

如果你幸运的话，也许她会教你。如果她可以在不同的世界之间自如地来去，为什么你不可以？你看着他，好一会儿。你想伸出手，触摸他的脸。这时有人在店堂的前面打开了卡拉OK机，试音，试音。

"爸爸，"菲比说，"你还好吗？"

"很好，宝贝儿，"你说，"看看这个。接下来就是阿公。"

吴明晨走上台，笑着。试音，试音，他说，然后他清了清嗓子，准备唱一首关于家的歌。

致谢

这部小说幸运之至，由万神殿、佳酿和克诺夫·双日出版集团（Pantheon, Vintage, and the Knopf Double-day Publishing Group）的许多有才华又勤奋的人出版，包括（但不限于）以下诸位：

演职员表

封面设计	泰勒·科姆里（Tyler Comrie）
版式设计	安娜·奈顿（Anna Knighton）
责任编辑	凯瑟琳·弗里德拉（Kathleen Fridella）
文字编辑	弗雷德·蔡斯（Fred Chase）
校对	查克·汤普森（Chuck Thompson）
公关	罗斯·克罗宁－杰克曼（Rose Cronin-Jackman）
市场营销	朱莉安娜·克兰西（Julianne Clancy）
执行编辑	阿尔蒂·卡佩尔（Altie Karper）
助理执行编辑	卡特·库尔塔德（Cat Courtade）
杰出的出版人	丹·弗兰克（Dan Frank）
神奇且万能的出版商	万神殿出版（Pantheon Books）

像许多独立制作一样，这本书的出品是由于志趣相投。有过很多时刻，心灰意冷、自我怀疑。也有很多时刻，满心欢喜，彼此分享创意和发现，而这主要归功于以下各位的才智和关切：

执行制作	朱莉·巴雷尔（Julie Barer）
执行制作	约瑟菲娜·卡尔斯（Josefine Kals）
执行制作	安娜·考夫曼（Anna Kaufman）

执行制作 …………………… 蒂姆·奥康奈尔（Tim O'Connell）

朱莉和蒂姆：如果没有你们的耐心、指导和非同一般的贡献，这本书就不会存在。[同时也要感谢图书集团（The Book Group）的妮科尔·坎宁安（Nicole Cunningham）。]

如同题词所呈现的，在写作这部小说的过程中，有几本书于我而言是宝贵的源泉。[欧文·戈夫曼的《日常生活中的自我呈现》（*The Presentation of Self in Everyday Life*）尤其不同，这本书我会一直重读，直到我无法阅读。]

《美国唐人街》（American Chinatown）………………… 徐班妮
《旧金山唐人街》（San Francisco Chinatown）…………… 胡垣坤

在图书出版之间漫长的、有时甚至是窘迫的岁月里，慷慨提供财政支持的，对此我深表谢意：

圣塔莫尼卡艺术家奖学金（Santa Monica Artist Fellowship）
………………… 圣塔莫尼卡市
纳坦·伯恩鲍姆（Nathan Birnbaum）………………… 文化事务总监

还有一些人，有的在专业领域，有的从私人角度，给予了我不可或缺的支持。有机会与如此智慧通达的人共事是一种荣幸，他们对我的信任的重要程度，超乎他们的想象：

超级万事通 ………………… 贾森·里奇曼（Jason Richman）

超级万事通 .... 米基·伯曼（Mickey Berman）

超级万事通 .... 马克·塞里亚克（Mark Ceryak）

超级万事通 .... 戴维·莱文（David Levine）

超级万事通 ....凯蒂·罗泽尔（Katy Rozelle）

超级万事通 ....豪伊·桑德斯（Howie Sanders）

还有这些人，他们的生活和爱给予我灵感，激发我去写作：

妈妈 .... 游林玲娟（Betty Lin Yu）

爸爸 .... 游铭泉（Jin Yu）

女儿 .... 游登惠（Sophia Yu）

儿子 .... 游登能（Dylan Yu）

岳父 ....周健良（Val Jue）

这部剧真正的主角 ....周慧华（Michelle Jue）

译后记 [①]

一部小说可以从哪里开始写？在一档电视脱口秀节目中，游朝凯谈到他灵光乍现、打算写作《唐人街内部》的那一刻。当时，他正在看电视剧《法律与秩序》，照例有男女两位主角，照例是这两位在运筹帷幄，也照例有一个用来衬托的背景——男女主人公的背后是一辆厢式小货车，一位不起眼的亚洲人正在卸货。这个镜头太正常了，简直是好莱坞剧本标配。在那一刻，游朝凯忽然想，假如他从背景演员的角度来写作呢？无名小卒眼里的世界是怎样的？假如把这一切都翻个底朝天呢？从一群看不见的人开始，《黑与白》的世界被打开了。

读《唐人街内部》，就好像深入好莱坞剧场进行实地探访。这是一部以剧本形式呈现的小说，其中每个人的职业都是演员，主人公威利斯·吴的一家——从父亲到他自己，以及和他们一样住在唐人街单间廉租公寓里的所有亚洲人，他们都做着好莱坞的功夫梦，整个街区"所有骨瘦如柴的黄种男孩"都做着这同一个梦——成为功夫大佬，某个李小龙。

故事从位于唐人街的金宫饭店开始，威利斯在里面打杂，同时也身兼警探剧《黑与白》中的龙套——普通的亚洲男人丙/快递员，他没有台词，是看不见的、充当背景的无名小卒。而主角是黑人和白人，他们英俊漂亮、性感干练，能解决一切困难。他们有主角的打光，是永远的英雄，因为这是只属于他们的故事，两百年来的美国剧本就是这样编写的。

直到脱离了剧本。

威利斯不能接受黑与白对他的父亲（角色是普通的亚洲老头）的

[①] 有剧透。

羞辱，他走入了舞台中央，成为"特别客串明星"。于是一切都迅捷了起来，从《盗梦空间》一般现实与剧本界限模糊不清的金宫饭店开始，场景迅速变幻，开启了一幕又一幕的历史剧、家庭剧、警探剧、爱情剧、儿童剧、法庭剧——父母的过往、移民的历史、爱情的诞生和凋落、孩子的宿命和希望……游朝凯仿佛写出了一部既好看又充满创意的实验剧，滑稽、精彩的情节和先锋、大胆的写作完美地融合在一起。

威利斯得到了更大的角色，就如他的父亲曾经抵达功夫大佬的位置，但永远有一个天花板存在。"你的身份，你的一切"，只要你是亚洲人，就注定了"你不可能更好了"。从小就是优等生，长大更是格外努力，然而，就像书中所说，"你是亚洲人。你是亚洲人！你的大脑有时候会忘记。但你的脸会提醒你"。亚洲人就是不一样，两百年来都是美国的异乡人，永远被困在唐人街——一座仿真的故乡里。这是来自社会的集体无意识偏见，也内化成了亚裔自身的自卑心理。

《唐人街内部》的迷人在于，它不仅用笑中带泪的笔法深刻地反映了亚裔在美国的困境，还因为作者的笔下仿佛同时拥有两种文学速度。它时而停留在现实主义的刻画里，让你看到唐人街中餐馆缓慢而凝固的一刻，"一美元商店里买来的纸灯笼……被死去的蛾子弄得黑乎乎的，纸变黄了，裂开了，也卷了起来"，让你如临其境；时而又把读者带入了迅速行进的现代主义时空，"从这一刻起一切都会加速。这是第一次的蒙太奇，所有重要的和不重要的里程碑：第一次迈步，第一次说话，第一次睡了整个晚上……"然后，又在"这一刻，第一次开始变成了最后一次，就好比，最后一次开学日，最后一次他爬上床和我们一起睡，最后一次你们像这样都睡在一起，你们三个。有那么几年，你留下了你几乎所有的重要的回忆。然后你在接下来的几十年里不断地回想它们"。就在几百字里，父亲老去，儿子成年，悲伤弥漫。

先是细节，然后是摒弃细节，《唐人街内部》仿佛拥有自如的、跳进跳出的魔法。虽是薄薄的一册，却轻盈与沉重兼具，三代人的一生在其间倏忽而过，让我们看见个体，看见国度，看见时代。同时，也在一去不回的时间洪流中看见悲天悯人，让我们与剧中人一起，在原谅中得以前行。

游朝凯是第二代移民，他在加利福尼亚大学伯克利分校主修分子和细胞生物学，辅修创意写作，后来又在哥伦比亚大学法学院获得法学博士。毕业后，他成为律师，在业余时间写作，经历过无数退稿，直到 2004 年才出版了短篇小说集《三等超级英雄》(*Third Class Superhero*)，获得舍伍德·安德森小说奖。2007 年，他被《树语》(*The Overstory*) 的作者理查德·鲍尔斯 (Richard Powers) 推荐为美国国家图书基金会 "5 位 35 岁以下的杰出青年作家" 之一。2010 年，他的首部长篇小说《科幻宇宙生存指南》(*How to Live Safely in a Science Fictional Universe*) 出版，被堪萨斯大学科幻小说研究中心评为年度最佳科幻小说第二名，即坎贝尔纪念奖亚军。2012 年出版短篇小说集《对不起，请，谢谢》(*Sorry Please Thank You: Stories*)。2020 年出版的长篇小说《唐人街内部》以其 "时而搞笑、时而令人心碎" 以及 "明亮、大胆、有力" 的写作荣获当年美国国家图书奖小说奖，也入围了法国美第奇外国小说奖决选名单。2016 年，游朝凯受邀成为美剧《西部世界》(*Westworld*) 第一季的编剧，这部剧集不仅为他赢得了 2017 年美国编剧工会奖 (Writers Guild of America Award) 电视剧情类剧集最佳剧本奖和电视最佳新剧剧本奖两项提名，也开启了他作为编剧的生涯。

翻译《唐人街内部》的过程也像是在学习美国剧本的写作规范。

游朝凯曾颇为幽默地说，这本书之所以写成剧本的形式，是因为他刚好有编剧软件。英文版确实也是完全按照标准编剧格式排版的，整本书相当罕见地采用了 courier 字体。美国剧本往往要求从头至尾只使用这种等宽的打字机字体，它最典型的特征就是 w 的宽度和其他字母一样，加上固定的单倍行距，使得一页文字就刚好是拍摄一分钟的时间长度。中文版尽可能地保留了原书的剧本特色，从场景、对白、转场、镜头、动作、辅助描写等都维持了原书的格式，不过，为了使人物对话部分的文字与正文有所区分，中文还是使用了不止一种的字体。

此外，原书中人物的名字也遵循了剧本写作中角色的字体规范，全部以大写字母来呈现。对于这种情况，中文版如果同等地采用加粗，它和正文其他文字的反差就太大了，会在版面视觉上形成一块又一块的"黑斑"，显得很突兀，远不如英文字母的大写，既突出又不太抢眼。后来，得知也有另外一种标准，即只在角色第一次出场时，用大写字母表示，中文版便采用了这一折中的做法。

剧本写作似乎让作者下笔十分恣肆。"有时候，我有点得意忘形，我只是玩得太开心了。"游朝凯在一次采访这样说道。《唐人街内部》时常在不经意间埋伏一些其他电影的细节，如第四幕"打拼的移民"里，"她"穿着酒红色的旗袍，从楼梯上走下来，"自动点唱机播放着纳京高的曲子"，正是王家卫在《花样年华》中使用的音乐。第六幕"亚洲人失踪案"的开头，则再现了《法律与秩序》的审判场景。至于向李小龙致敬的文字，更是散落处处。作者时不时地还会调侃自己以前的作品，第一幕中父亲相信"一家人永远不必说'对不起''请'和'谢谢'"，就巧妙地嵌入了短篇小说集《对不起，请，谢谢》的名字。此外，小说第二人称的叙述角度——"你"，一方面营造了一种拷问叙事者、直面读者的态势，另一方面，其谐音也隐隐呼应了《科幻宇宙生存指南》中的主人公 Charles Yu 的姓，而这正是作者的英文本名。

　　语言与见识两方面的匮乏，尤其是缺乏在当代美国生活的经验，使得这本书的翻译格外地难。有过很多困难的时刻，难以捕捉原文的确切含义，有时候几乎要抵达了，但就是无法妥帖地表达。然而也有这样的时候，体会到与原作的共鸣。作者笔下的那些词语、短句，由堆叠、反复而形成的某种诗意，跃然纸上，就仿佛自动跳过了翻译这个动作，就仿佛中文先于我的头脑流淌出来。翻译《唐人街内部》，是我第一次觉得，尽管两种语言之间存在错位和隔阂，但仍然可以几乎不调整语序地来形成中文美感。因此，尤其是越往后的翻译，我几乎越是本能地追随了原文，努力从语义和结构两方面来贴近原作的气息——某种文字的轻盈感和句子的节奏感。

　　曾经看到一个读者评论说，《唐人街内部》对金宫饭店环境的描写与他见过的唐人街中餐馆一模一样，每个细节都分毫不差。这个评论让我很是触动，也提醒我在翻译中注意还原其"唐人街"的属性。比如，把"Palace of Good Fortune"译成"鸿运楼"，"Phoenix Bakery"则译作"双凤饼家"（一家确实存在于洛杉矶唐人街的 1938 年老店）；至于其中的人物，也考虑了唐人街多广东人的特点，分别把"Fatty Choy"和"Skinny Lee"译成了"蔡肥仔"和"李夭仔"。有时候也会有一点点发挥，在作者为营造帝王气派而列举"imperial guards"时，第一稿翻译为"禁卫军"，但后来考虑到明朝的背景，就从明朝二十六卫中，选定了也兼执掌仪仗的"锦衣卫"，觉得这个词更符合对场面的想象。

　　这份译稿，经历了较长的冷静期：大约在半年内修订了三次。有些修订，是随着对作品理解的加深而慢慢改动的。比如，威利斯·吴第一次迈步从"边缘"走向《黑与白》的"中心"，黑与白两位警探询问他是谁。威利斯的回答"I'm no one"，最初译为"我是无名小卒"，这样的译文只体现出"我"的自轻自贱，并不能传达出这迈出的一步中的决绝之意。经过反复思考后，最终改为"我谁都不是"，因为这里包含了"我"在身份上的一种觉醒，"我"不再想要你们给我的边缘角色了。

更多的时候是犹豫不决，因为译者对词语的选择，确实会改变对小说的理解。师父在第一幕出场，师父与"我"的关系在一开始其实模糊不清的，因此，当我遇到"come in, son"这句话时，我对于"son"采用了熟词僻义，把它翻成了"孩子"，这样读者会晚几页认出这是一对父子，翻译使之更含糊了。又比如，小说中多次出现"silence"，本可以翻译为"沉默""寂静"，但我几度改动，最终采用了会让读者出戏的"静场"，使得正儿八经的叙事产生了"中断"，让人疑惑这到底是现实还是剧本。我其实对此惴惴不安，不知道是否越过了译者的界限。然而，感谢本书的作者游朝凯先生，他不仅耐心地解答了我种种疑问，也对我这些翻译措辞上的"自说自话"十分包容。

感谢本书的策划刘玮，中文版的问世首先是因为你的眼光。这种眼光，不仅由于你是一个优秀的编辑，同时也因为你本身就是一位翻译者和写作者，你总是更知道什么是一个好故事。没有你迅速而果断地买下了这本书的版权，我也不会有机缘来翻译这本有趣而真挚的书。

也感谢我上海中学的同学黄需萱、仇每洁。需萱多年来一直在加拿大和美国生活、工作，或许是同为律师和华人，她对《唐人街内部》很有共鸣，每当我遇到难啃的骨头时，我总是第一时间求助于她；每洁生活在纽约，她和她可爱的女儿卢怡宁（Audrey Lu）帮助我解决了很多当代的、口语的难点。也要谢谢我的前同事、英国姑娘李茜茜（Francesca Leiper），给了我不少启发。

在 2010 年出版的《科幻宇宙生存指南》中，游朝凯写道："悲伤是代代相传的……仿佛我们是深海里的大鱼，无声无息地游着，收集着悲伤并带着它越游越深……像遗产一样继承到下一代……"[①] 同样是对父亲过往的追溯，在十年后的 2020 年，他终于能在《唐人街内部》发出拷问："你能改变它吗？你能成为那个真正的打破壁垒的人吗？"答案或许仍是不确定的，但未来正在改变。

尹晓冬

---

① 引自《科幻宇宙生存指南》，游朝凯著，薛濛远、张烨译，山东文艺出版社，第 217 页。

This translation published by arrangement with Pantheon, an imprint of The Knopf Doubleday Group, a division of Penguin Random House, LLC.

著作权合同登记号桂图登字:20 - 2022 - 233 号

图书在版编目(CIP)数据

唐人街内部/(美)游朝凯著;尹晓冬译. —桂林:广西师范大学出版社,2023.5

ISBN 978 - 7 - 5598 - 5814 - 6

Ⅰ.①唐⋯ Ⅱ.①游⋯ ②尹⋯ Ⅲ.①长篇小说 - 美国 - 现代

Ⅳ.①I712.45

中国国家版本馆 CIP 数据核字(2023)第 035715 号

唐人街内部

TANGRENJIE NEIBU

出 品 人:刘广汉
责任编辑:刘 玮
助理编辑:陶阿晴
装帧设计:张梓涵
美术编辑:李婷婷
营销编辑:姚春苗

广西师范大学出版社出版发行

(广西桂林市五里店路9号　　　邮政编码:541004)
(网址:http://www.bbtpress.com　　　　　　　)

出版人:黄轩庄

全国新华书店经销

销售热线:021 - 65200318　021 - 31260822 - 898

山东临沂新华印刷物流集团有限责任公司印刷

(临沂高新技术产业开发区新华路1号　邮政编码:276017)

开本:890 mm × 1 240 mm　1/32

印张:8.5　　　　　　　字数:206 千字

2023 年 5 月第 1 版　　　2023 年 5 月第 1 次印刷

定价:59.00 元

如发现印装质量问题,影响阅读,请与出版社发行部门联系调换。